С

До

Заповедник

АЗБУКА

Санкт-Петербург

УДК 821.161.1
ББК 84(2Рос-Рус)6-44
Д 58

Серийное оформление Вадима Пожидаева

Оформление обложки Валерия Гореликова

Иллюстрация на обложке Михаила Беломлинского

ISBN 978-5-389-01553-1

Моей жене, которая была права

В двенадцать подъехали к Луге. Остановились на вокзальной площади. Девушка-экскурсовод сменила возвышенный тон на более земной:

— Там налево есть одно местечко...

Мой сосед заинтересованно приподнялся:

— В смысле — уборная?

Всю дорогу он изводил меня: «Отбеливающее средство из шести букв?.. Вымирающее парнокопытное?.. Австрийский горнолыжник?..»

Туристы вышли на залитую светом площадь. Водитель захлопнул дверцу и присел на корточки у радиатора.

Вокзал... Грязноватое желтое здание с колоннами, часы, обесцвеченные солнцем дрожащие неоновые буквы...

Я пересек вестибюль с газетным киоском и массивными цементными урнами. Интуитивно выявил буфет.

— Через официанта, — вяло произнесла буфетчица. На пологой груди ее болтался штопор.

Я сел у двери. Через минуту появился официант с громадными войлочными бакенбардами.

— Что вам угодно?

— Мне угодно, — говорю, — чтобы все были доброжелательны, скромны и любезны.

Официант, пресыщенный разнообразием жизни, молчал.

— Мне угодно сто граммов водки, пиво и два бутерброда.

— С чем?

— С колбасой, наверное...

Я достал папиросы, закурил. Безобразно дрожали руки. «Стакан бы не выронить...» А тут еще рядом уселись две интеллигентные старухи. Вроде бы из нашего автобуса.

Официант принес графинчик, бутылку и две конфеты.

— Бутерброды кончились, — проговорил он с фальшивым трагизмом.

Я расплатился. Поднял и тут же опустил стакан. Руки тряслись, как у эпилептика. Старухи брезгливо меня рассматривали. Я попытался улыбнуться:

— Взгляните на меня с любовью!

Старухи вздрогнули и пересели. Я услышал невнятные критические междометия.

Черт с ними, думаю. Обхватил стакан двумя руками, выпил. Потом с шуршанием развернул конфету.

Стало немного легче. Зарождался обманчивый душевный подъем. Я сунул бутылку пива в карман. Затем поднялся, чуть не опрокинув стул. Вернее, дюралевое кресло. Старухи продолжали испуганно меня разглядывать.

Я вышел на площадь. Ограда сквера была завешена покоробившимися фанерными щитами. Диаграммы сулили в недалеком будущем горы мяса, шерсти, яиц и прочих интимностей.

Мужчины курили возле автобуса. Женщины шумно рассаживались. Девушка-экскурсовод ела мороженое в тени. Я шагнул к ней:

— Давайте познакомимся.

— Аврора, — сказала она, протягивая липкую руку.

— А я, — говорю, — танкер Дербент.

Девушка не обиделась.

— Над моим именем все смеются. Я привыкла... Что с вами? Вы красный!

— Уверяю вас, это только снаружи. Внутри я — конституционный демократ.

— Нет, правда, вам худо?

— Пью много... Хотите пива?

— Зачем вы пьете? — спросила она.

Что я мог ответить?

— Это секрет, — говорю, — маленькая тайна...

— Решили поработать в заповеднике?

— Вот именно.

— Я сразу поняла.

— Разве я похож на филолога?

— Вас провожал Митрофанов. Чрезвычайно эрудированный пушкинист. Вы хорошо его знаете?

— Хорошо, — говорю, — с плохой стороны...

— Как это?

— Не придавайте значения.

— Прочтите Гордина, Щеголева, Цявловскую... Воспоминания Керн... И какую-нибудь популярную брошюру о вреде алкоголя.

— Знаете, я столько читал о вреде алкоголя! Решил навсегда бросить... читать.

— С вами невозможно разговаривать...

Шофер поглядел в нашу сторону. Экскурсанты расселись.

Аврора доела мороженое, вытерла пальцы.

— Летом, — сказала она, — в заповеднике довольно хорошо платят. Митрофанов зарабатывает около двухсот рублей.

— И это на двести рублей больше, чем он стоит.

— А вы еще и злой!

— Будешь злым, — говорю.

Шофер просигналил дважды.

— Едем, — сказала Аврора.

В львовском автобусе было тесно. Коленкоровые сиденья накалились. Желтые занавески усиливали ощущение духоты.

Я перелистывал «Дневники» Алексея Вульфа. О Пушкине говорилось дружелюбно, иногда снисходительно. Вот она, пагубная для зрения близость. Всем ясно, что у гениев должны быть знакомые. Но кто поверит, что его знакомый — гений?!.

Я задремал. Невнятно доносились какие-то лишние сведения о матери Рылеева...

Разбудили меня уже во Пскове. Вновь оштукатуренные стены кремля наводили тоску. Над центральной аркой дизайнеры укрепили безобразную, прибалтийского вида, кованую эмблему. Кремль напоминал громадных размеров макет.

В одном из флигелей находилось местное бюро путешествий. Аврора заверила какие-то бумаги, и нас повезли в «Геру» — самый фешенебельный местный ресторан.

Я колебался — добавлять или не добавлять? Добавишь — завтра будет совсем плохо. Есть не хотелось...

Я вышел на бульвар. Тяжело и низко шумели липы.

Я давно убедился: стоит задуматься, и тотчас вспоминаешь что-нибудь грустное. Например, последний разговор с женой...

— Даже твоя любовь к словам, безумная, нездоровая, патологическая любовь, — фальшива. Это — лишь попытка оправдания жизни, которую ты ведешь. А ведешь ты образ жизни знаменитого литератора, не имея для этого самых минимальных предпосылок... С твоими пороками нужно быть как минимум Хемингуэем...

— Ты действительно считаешь его хорошим писателем? Может быть, и Джек Лондон хороший писатель?

— Боже мой! При чем тут Джек Лондон?! У меня единственные сапоги в ломбарде... Я все могу простить. И бедность меня не пугает... Все, кроме предательства!

— Что ты имеешь в виду?

— Твое вечное пьянство. Твое... даже не хочу говорить... Нельзя быть художником за счет другого человека... Это подло! Ты столько говоришь о благородстве! А сам — холодный, жестокий, изворотливый человек...

— Не забывай, что я двадцать лет пишу рассказы.

— Ты хочешь написать великую книгу? Это удается одному из сотни миллионов!

— Ну и что? В духовном отношении такая неудавшаяся попытка равна самой великой книге. Если хочешь, нравственно она даже выше. Поскольку исключает вознаграждение...

— Это слова. Бесконечные красивые слова... Надоело... У меня есть ребенок, за которого я отвечаю...

— У меня тоже есть ребенок.

— Которого ты месяцами игнорируешь. Мы для тебя — чужие...

(В разговоре с женщиной есть один болезненный момент. Ты приводишь факты, доводы, аргументы. Ты взываешь к логике и здравому смыслу. И неожиданно обнаруживаешь, что ей противен сам звук твоего голоса...)

— Умышленно, — говорю, — я зла не делал...

Я опустился на пологую скамейку. Вынул ручку и блокнот. Через минуту записал:

Любимая, я в Пушкинских Горах,
Здесь без тебя — уныние и скука,
Брожу по заповеднику, как сука.
И душу мне терзает жуткий страх...

И так далее.

Мои стихи несколько опережали действительность. До Пушкинских Гор оставалось километров сто.

Я зашел в хозяйственную лавку. Приобрел конверт с изображением Магеллана. Спросил зачем-то:

— Вы не знаете, при чем тут Магеллан?

Продавец задумчиво ответил:

— Может, умер... Или героя дали...

Наклеил марку, запечатал, опустил...

В шесть мы подъехали к зданию туристской базы. До этого были холмы, река, просторный горизонт с неровной кромкой леса. В общем, русский пейзаж без излишеств. Те обыденные его приметы, которые вызывают необъяснимо горькое чувство.

Это чувство всегда казалось мне подозрительным. Вообще страсть к неодушевленным предметам раздражает меня... (Я мысленно раскрыл записную книжку.) Есть что-то ущербное в нумизматах, филателистах, заядлых путешественниках, любителях кактусов и аквариумных рыб. Мне чуждо сонное долготерпение рыбака, безрезультатная немотивированная храбрость альпиниста, горделивая уверенность владельца королевского пуделя...

Говорят, евреи равнодушны к природе. Так звучит один из упреков в адрес еврейской нации. Своей, мол, природы у евреев нет, а к чужой они равнодушны. Что ж, может быть, и так. Очевидно, во мне сказывается примесь еврейской крови...

Короче, не люблю я восторженных созерцателей. И не очень доверяю их восторгам. Я думаю, любовь к березам торжествует за счет любви к человеку. И развивается как суррогат патриотизма...

Я согласен, больную, парализованную мать острее жалеешь и любишь. Однако любоваться ее страданиями, выражать их эстетически — низость...

Ладно...

Подъехали к туристской базе. Какой-то идиот построил ее на расстоянии четырех километров от ближайшего водоема. Пруды, озера, речка знаменитая, а база — на солнцепеке. Правда, есть номера с душевыми кабинами... Изредка — горячая вода...

Заходим в экскурсионное бюро. Сидит такая дама, мечта отставника. Аврора сунула ей путевой лист. Расписалась, получила обеденные талоны для группы. Что-то шепнула этой пышной блондинке, которая сразу же взглянула на меня. Взгляд содержал неуступчивый беглый интерес, деловую озабоченность и легкую тревогу. Она даже как-то выпрямилась. Резче зашуршали бумаги.

— Вы не знакомы? — спросила Аврора.

Я подошел ближе.

— Хочу поработать в заповеднике.

— Люди нужны, — сказала блондинка.

В конце этой реплики заметно ощущалось многоточие. То есть нужны именно хорошие, квалифицированные специалисты. А случайные, мол, люди — не требуются...

— Экспозицию знаете? — спросила блондинка и неожиданно представилась: — Галина Александровна.

— Я был здесь раза три.

— Этого мало.

— Согласен. Вот и приехал снова...

— Нужно как следует подготовиться. Проштудировать методичку. В жизни Пушкина еще так много неисследованного... Кое-что изменилось с прошлого года...

— В жизни Пушкина? — удивился я.

— Извините, — перебила Аврора, — меня туристы ждут. Желаю удачи...

Она исчезла — юная, живая, полноценная. Завтра я услышу в одной из комнат музея ее чистый девичий голос:

«...Вдумайтесь, товарищи!.. „Я вас любил так искренне, так нежно...“ Миру крепостнических отношений противопоставил Александр Сергеевич этот вдохновенный гимн бескорыстия...»

— Не в жизни Пушкина, — раздраженно сказала блондинка, — а в экспозиции музея. Например, сняли портрет Ганнибала.

— Почему?

— Какой-то деятель утверждает, что это не Ганнибал. Ордена, видите ли, не соответствуют. Якобы это генерал Закомельский.

— Кто же это на самом деле?

— И на самом деле — Закомельский.

— Почему же он такой черный?

— С азиатами воевал, на юге. Там жара. Вот он и загорел. Да и краски темнеют от времени.

— Значит, правильно, что сняли?

— Да какая разница — Ганнибал, Закомельский... Туристы желают видеть Ганнибала. Они за это деньги платят. На фига им Закомельский?! Вот наш директор и повесил Ганнибала... Точнее, Закомельского под видом Ганнибала. А какому-то деятелю не понравилось... Простите, вы женаты?

Галина Александровна произнесла эту фразу внезапно и, я бы сказал, — застенчиво.

— Разведен, — говорю, — а что?

— Наши девушки интересуются.

— Какие девушки?

— Их сейчас нет. Бухгалтер, методист, экскурсоводы...

— Почему же они мной интересуются?

— Они не вами. Они всеми интересуются. У нас тут много одиноких. Парни разъехались... Кого наши девушки видят? Туристов? А что туристы? Хорошо, если у них восьмидневка. Из Ленинграда так на сутки приезжают. Или на трое... А вы надолго?

— До осени. Если все будет хорошо.

— Где вы остановились? Хотите, я позвоню в гостиницу? У нас их две, хорошая и плохая. Вы какую предпочитаете?

— Тут, — говорю, — надо подумать.

— Хорошая — дороже, — объяснила Галя.

— Ладно, — сказал я, — денег все равно нет...

Она сразу же куда-то позвонила. Долго кого-то уговаривала. Наконец вопрос был решен. Где-то записали мою фамилию.

— Я вас провожу.

Давно я не был объектом такой интенсивной женской заботы. В дальнейшем она будет проявляться еще настойчивее. И даже перерастет в нажим.

Вначале я относил это за счет моей потускневшей индивидуальности. Затем убедился, насколько огромен дефицит мужского пола в этих краях. Кривоногий местный тракторист с локонами вокзальной шлюхи был окружен назойливыми румяными поклонницами.

— Умираю, пива! — вяло говорил он.

И девушки бежали за пивом...

Галя заперла дверь экскурсионного бюро. Мы направились через лес в сторону поселка.

— Вы любите Пушкина? — неожиданно спросила она.

Что-то во мне дрогнуло, но я ответил:

— Люблю... «Медного всадника», прозу...

— А стихи?

— Поздние стихи очень люблю.

— А ранние?

— Ранние тоже люблю, — сдался я.

— Тут все живет и дышит Пушкиным, — сказала Галя, — буквально каждая веточка, каждая травинка. Так и ждешь, что он выйдет сейчас из-за поворота... Цилиндр, крылатка, знакомый профиль...

Между тем из-за поворота вышел Леня Гурьянов, бывший университетский стукач.

— Борька, хрен моржовый, — дико заорал он, — ты ли это?!

Я отозвался с неожиданным радушием. Еще один подонок застал меня врасплох. Вечно не успеваю сосредоточиться...

— Я знал, что ты приедешь, — не унимался Гурьянов...

Впоследствии мне рассказали такую историю. Была тут в начале сезона пьянка. Чья-то свадьба или день рождения. Присутствовал местный сотрудник госбезопасности. Заговорили обо мне. Кто-то из общих знакомых сказал:

— Он в Таллине.

Ему возразили:

— Нет, уже год, как в Ленинграде.

— А я слышал, что в Риге у Красильникова...

Следовали новые и новые версии.

Чекист сосредоточенно поедал тушеную утку. Затем приподнял голову и коротко высказался:

— Есть данные — собирается в Пушкинские Горы...

— Меня ждут, — сказал Гурьянов, как будто я его удерживал.

Он посмотрел на Галю:

— А ты похорошела. Никак зубы вставила?

Карманы его тяжело оттопыривались.

— Вот засранец! — неожиданно произнесла Галина. И через минуту: — Как хорошо, что Пушкин этого не видит.

— Да, — сказал я, — это неплохо.

Первый этаж гостиницы «Дружба» занимали три учреждения. Гастроном, парикмахерская и ресторан «Лукоморье». Надо бы, думаю, Галину пригласить за все ее услуги. Денег я захватил ничтожно мало. Один размашистый жест грозил катастрофой.

Я промолчал.

Мы подошли к барьеру, за которым сидела женщина-администратор. Галя меня представила. Женщина протянула увесистый ключ с номером 231.

— А завтра подыщите комнату, — сказала Галина, — можно в поселке... Можно на Ворониче, только это дорого... Можно в одной из ближайших деревень: Савкино, Гайки...

— Спасибо, — говорю, — выручили.

— Ну, я пошла.

Фраза оканчивалась едва уловимым вопросительным знаком: «Ну, я пошла?..»

— Проводить вас?

— Я живу в микрорайоне, — таинственно реагировала девушка.

Затем — отчетливо и внятно, чересчур отчетливо и внятно:

— Провожать не обязательно... И не думайте, что я такая...

Она удалилась, гордо кивнув администратору.

Я поднялся на второй этаж и отпер дверь. Кровать была аккуратно застелена. Репродуктор издавал прерывистые звуки. На перекладине распахнутого стенного шкафа болтались вешалки.

В этой комнате, в этой узенькой лодке, я отплывал к неведомым берегам самостоятельной холостяцкой жизни.

Я принял душ, смывая щекотливый осадок Галиных хлопот, налет автобусной влажной тесноты, коросту многодневного застолья.

Настроение заметно улучшилось. Холодный душ подействовал как резкий окрик.

Я вытерся, натянул гимнастические брюки и закурил.

В коридоре раздавался стук шагов. Где-то звучала музыка. Под окнами шумели грузовики и бесчисленные мопеды.

Я улегся поверх одеяла, раскрыл серый томик Виктора Лихоносова. Решил наконец выяснить, что это за деревенская проза? Обзавестись своего рода путеводителем...

Читая, я незаметно уснул. Проснулся в два ночи. Предутренний летний сумрак заливал комнату. Уже можно было сосчитать листья фикуса на окне.

Я решил спокойно все обдумать. Попытаться рассеять ощущение катастрофы, тупика.

Жизнь расстилалась вокруг необозримым минным полем. Я находился в центре. Следовало разбить это поле на участки и браться за дело. Разорвать цепь драматических обстоятельств. Проанализировать ощущение краха. Изучить каждый фактор в отдельности.

Человек двадцать лет пишет рассказы. Убежден, что с некоторыми основаниями взялся за перо. Люди, которым он доверяет, готовы это засвидетельствовать.

Тебя не публикуют, не издают. Не принимают в свою компанию. В свою бандитскую шайку. Но разве об этом ты мечтал, бормоча первые строчки?

Ты добиваешься справедливости? Успокойся, этот фрукт здесь не растет. Несколько сияющих истин должны были изменить мир к лучшему, а что произошло в действительности?..

У тебя есть десяток читателей. Дай бог, чтобы их стало еще меньше...

Тебе не платят — вот что скверно. Деньги — это свобода, пространство, капризы... Имея деньги, так легко переносить нищету...

Учись зарабатывать их, не лицемеря. Иди работать грузчиком, пиши ночами. Мандельштам говорил, люди сохранят все, что им нужно. Вот и пиши...

У тебя есть к этому способности — могло и не быть. Пиши, создай шедевр. Вызови душевное потрясение у читателя. У одного-единственного живого человека... Задача на всю жизнь.

А если не получится? Что ж, ты сам говорил, в моральном отношении неудавшаяся попытка еще благороднее. Хотя бы потому, что не вознаграждается...

Пиши, раз уж взялся, тащи этот груз. Чем он весомее, тем легче...

Тебя угнетают долги? У кого их не было?! Не огорчайся. Ведь это единственное, что по-настоящему связывает тебя с людьми...

Оглядываясь, ты видишь руины? Этого можно было ожидать. Кто живет в мире слов, тот не ладит с вещами.

Ты завидуешь любому, кто называет себя писателем. Кто может, вытащив удостоверение, документально это засвидетельствовать.

Но что же пишут твои современники? У писателя Волина ты обнаружил:

«...Мне стало предельно ясно...»

И на той же странице:

«...С беспредельной ясностью Ким ощутил...»

Слово перевернуто вверх ногами. Из него высыпалось содержимое. Вернее, содержимого не оказалось. Слова громоздились неосязаемые, как тень от пустой бутылки...

Ах, не о том, не о том зашла речь!.. Как надоели вечные твои уловки!..

Жить невозможно. Надо либо жить, либо писать. Либо слово, либо дело. Но твое дело — слово. А всякое Дело с заглавной буквы тебе ненавистно. Вокруг него — зона мертвого пространства. Там гибнет все, что мешает делу. Там гибнут надежды, иллюзии, воспоминания. Там царит убогий, непререкаемый, однозначный материализм...

И снова — не то, не то...

Во что ты превратил свою жену? Она была простодушной, кокетливой, любила веселиться. Ты сделал ее ревнивой, подозрительной и нервной. Ее неизменная фраза: «Что ты хочешь этим сказать?» — памятник твоей изворотливости...

Твои безобразия достигали курьезов. Помнишь, как ты вернулся около четырех ночи и стал расшнуровывать ботинки. Жена проснулась и застонала:

— Господи, куда в такую рань?!.

— Действительно, рановато, рановато, — пробормотал ты.

А потом быстро разделся и лег...

Да что тут говорить...

Утро. Шаги, заглушаемые алой ковровой дорожкой. Внезапное прерывистое бормотание репродуктора. Плеск воды за стеной. Грузовики под окнами. Неожиданный отдаленный крик петуха...

В детстве лето было озвучено гудками паровозов. Пригородные дачи... Запах вокзальной гари и нагретого песка... Настольный теннис под ветками... Тугой и звонкий стук мяча... Танцы на веранде (старший брат доверил тебе заводить патефон)... Глеб Романов... Ружена Сикора... «Эта песня за два сольди, за два гроша...», «Я тобою в Бухаресте грезил наяву...».

Выжженный солнцем пляж... Жесткая осока... Длинные трусы и следы резинок на икрах... Набившийся в сандалии песок...

В дверь постучали:

— К телефону!

— Это недоразумение, — говорю.

— Вы — Алиханов?

Меня проводили в комнату сестры-хозяйки. Я взял трубку.

— Вы спали? — поинтересовалась Галина.

Я горячо возразил.

Я давно заметил, что на этот вопрос люди реагируют с излишней горячностью. Задайте человеку вопрос: «Бывают ли у тебя запои?» — и человек спокойно ответит — нет. А может быть, охотно согласится. Зато вопрос «Ты спал?» большинство переживает чуть ли не как оскорбление. Как попытку уличить человека в злодействе...

— Я договорилась насчет комнаты.

— Вот спасибо.

— В деревне Сосново. Пять минут от турбазы. Отдельный вход.

— Это главное.

— Хозяин, правда, выпивает...

— Еще один козырь.

— Запомните фамилию — Сорокин. Михаил Иваныч... Пойдете через турбазу вдоль оврага. С горы уже деревню видно. Четвертый дом... А может, пятый. Да вы найдете. Там свалка рядом...

— Спасибо, милая.

Тон резко изменился:

— Какая я вам милая?! Ох, умираю... Милая... Скажите пожалуйста... Милую нашел...

В дальнейшем я не раз изумлялся этим мгновенным Галиным преображениям. Живое участие, радушие и простота сменялись крикливыми интонациями оскорбленного целомудрия. Нормальная речь — визгливым провинциальным говором...

— И не подумайте чего-нибудь такого!

— Такого — никогда. И еще раз — спасибо...

Я отправился на турбазу. На этот раз здесь было людно. Вокруг стояли разноцветные автомашины. Группами и поодиночке бродили туристы в курортных шапочках. У газетного киоска выстроилась очередь. Из распахнутых окон столовой доносился звон посуды и визг металлических табуреток. Здесь же резвилось несколько упитанных дворняг.

На каждом шагу я видел изображения Пушкина. Даже возле таинственной кирпичной будочки с надписью «Огнеопасно!». Сходство исчерпывалось бакенбардами. Размеры их варьировались произвольно. Я давно заметил: у наших художников имеются любимые объекты, где нет предела размаху и вдохновению. Это в первую очередь — борода Карла Маркса и лоб Ильича...

Репродуктор был включен на полную мощность:

— Внимание! Говорит радиоузел пушкиногорской туристской базы. Объявляем порядок дня на сегодня...

Я зашел в экскурсионное бюро. Галину осаждали туристы. Она махнула рукой, чтобы я подождал.

Я взял с полки брошюру «Жемчужина Крыма». Достал сигареты.

Экскурсоводы, получив какие-то бумаги, удалялись. За ними к автобусам бежали туристы. Несколько «диких» семейств жаждало присоединиться к группам. Ими занималась высокая худенькая девушка.

Ко мне застенчиво приблизился мужчина в тирольской шляпе:

— Извините, могу я задать вопрос?

— Слушаю вас.

— Это дали?

— То есть?

— Я спрашиваю, это дали? — Тиролец увлек меня к распахнутому окну.

— В каком смысле?

— В прямом. Я хотел бы знать, это дали или не дали? Если не дали, так и скажите.

— Не понимаю.

Мужчина слегка покраснел и начал торопливо объяснять:

— У меня была открытка... Я — филокартист...

— Кто?

— Филокартист. Собираю открытки... Филос — любовь, картос...

— Ясно.

— У меня есть цветная открытка — «Псковские дали». И вот я оказался здесь. Мне хочется спросить — это дали?

— В общем-то, дали, — говорю.

— Типично псковские?

— Не без этого.

Мужчина, сияя, отошел...

Миновал час пик. Бюро опустело.

— С каждым летом наплыв туристов увеличивается, — пояснила Галина.

И затем, немного возвысив голос:

— Исполнилось пророчество: «Не зарастет священная тропа!..»*

---

* Искаженная цитата. У Пушкина — «народная тропа». (Пр. Ред.)

Не зарастет, думаю. Где уж ей, бедной, зарасти. Ее давно вытоптали эскадроны туристов...

— По утрам здесь жуткий бардак, — сказала Галина.

Я снова подивился неожиданному разнообразию ее лексики.

Галя познакомила меня с инструктором бюро — Людмилой. Ее гладкими ножками я буду тайно любоваться до конца сезона. Люда вела себя ровно и приветливо. Это объяснялось наличием жениха. Ее не уродовала постоянная готовность к возмущенному отпору. Пока что жених находился в тюрьме...

Затем появилась некрасивая женщина лет тридцати — методист. Звали ее Марианна Петровна. У Марианны было запущенное лицо без дефектов и неуловимо плохая фигура.

Я объяснил цель моего приезда. Скептически улыбаясь, она пригласила меня в отдельный кабинет.

— Вы любите Пушкина?

Я испытал глухое раздражение.

— Люблю.

Так, думаю, и разлюбить недолго.

— А можно спросить — за что?

Я поймал на себе иронический взгляд. Очевидно, любовь к Пушкину была здесь самой ходовой валютой. А вдруг, мол, я — фальшивомонетчик...

— То есть как? — спрашиваю.

— За что вы любите Пушкина?

— Давайте, — не выдержал я, — прекратим этот идиотский экзамен. Я окончил среднюю школу. Потом — университет. (Тут я немного преувеличил. Меня выгнали с третьего курса.) Кое-что прочел. В общем, разбираюсь... Да и претендую всего лишь на роль экскурсовода...

К счастью, мой резкий тон остался незамеченным. Как я позднее убедился, элементарная грубость здесь сходила легче, чем воображаемый апломб...

— И все-таки? — Марианна ждала ответа. Причем того ответа, который ей был заранее известен.

— Ладно, — говорю, — попробую... Что ж, слушайте. Пушкин — наш запоздалый Ренессанс. Как для Веймара — Гёте. Они приняли на себя то, что Запад усвоил в XV–XVII веках. Пушкин нашел выражение социальных мотивов в характерной для Ренессанса форме трагедии. Он и Гёте жили как бы в нескольких эпохах. «Вертер» — дань сентиментализму. «Кавказский пленник» — типично байроническая вещь. Но «Фауст», допустим, это уже елизаветинцы. А «Маленькие трагедии» естественно продолжают один из жанров Ренессанса. Такова же и лирика Пушкина. И если она горька, то не в духе Байрона, а в духе, мне кажется, шекспировских сонетов... Доступно излагаю?

— При чем тут Гёте? — спросила Марианна. — И при чем тут Ренессанс?

— Ни при чем! — окончательно взбесился я. — Гёте совершенно ни при чем! А Ренессансом звали лошадь Дон Кихота. Который тоже ни при чем! И я тут, очевидно, ни при чем!..

— Успокойтесь, — прошептала Марианна, — какой вы нервный... Я только спросила: «За что вы любите Пушкина?..»

— Любить публично — скотство! — заорал я. — Есть особый термин в сексопатологии...

Дрожащей рукой она протянула мне стакан воды. Я отодвинул его.

— Вы-то сами любили кого-нибудь? Когда-нибудь?!.

Не стоило этого говорить. Сейчас она зарыдает и крикнет:

«Мне тридцать четыре года, и я — одинокая девушка!..»

— Пушкин — наша гордость! — выговорила она. — Это не только великий поэт, но и великий гражданин...

По-видимому, это и был заведомо готовый ответ на ее дурацкий вопрос.

Только и всего, думаю?

— Ознакомьтесь с методичкой. А вот — список книг. Они имеются в читальном зале. И доложите Галине Александровне, что собеседование прошло успешно...

Мне стало неловко.

— Спасибо, — говорю, — простите, что был невоздержан.

Я свернул методичку и положил в карман.

— Аккуратнее, у нас всего три экземпляра.

Я вытащил методичку и попытался ее разгладить.

— И еще, — Марианна понизила голос, — вы спросили о любви...

— Это вы спросили о любви.

— Нет, это вы спросили о любви... Насколько я понимаю, вас интересует, замужем ли я? Так вот, я — замужем!

— Вы лишили меня последней надежды, — сказал я, уходя.

В коридоре Галина познакомила меня с экскурсоводом Натэллой. Снова — неожиданная вспышка заинтересованности:

— Будете у нас работать?

— Попытаюсь.

— Сигареты у вас есть?

Мы вышли на крыльцо.

Натэлла приехала из Москвы, движимая романтическими, вернее — авантюрными целями. По образованию — инженер-физик, работает школьной учительницей. Решила провести здесь трехмесячный отпуск. Жалеет, что приехала. В заповеднике — толчея. Экскурсоводы и методисты — психи. Туристы — свиньи и невежды. Все обожают Пушкина. И свою любовь к Пушкину. И любовь к своей любви. Единственный порядочный человек — Марков...

— Кто такой Марков?

— Фотограф. Законченный пропойца. Я вас познакомлю. Он научил меня пить «Агдам». Это нечто фантастическое! Он и вас научит...

— Премного благодарен. Но боюсь, что в этом деле я и сам — профессор.

— Давайте как-нибудь поддадим! Прямо на лоне...

— Условились.

— А вы человек опасный.

— То есть?

— Я это сразу почувствовала. Вы жутко опасный человек.

— В нетрезвом состоянии?

— Я говорю не о том.

— Не понял.

— Полюбить такого, как вы, — опасно.

И Натэлла почти болезненно толкнула меня коленом...

Господи, думаю, здесь все ненормальные. Даже те, которые считают ненормальными всех остальных...

— Выпейте «Агдама», — говорю, — и успокойтесь. Я хочу отдохнуть и поработать. Опасности для вас не представляю...

— Это мы еще посмотрим, — истерически расхохоталась Натэлла.

Затем она кокетливо взмахнула холщовым мешком с изображением Джеймса Бонда и удалилась.

Я направился в Сосново. Дорога тянулась к вершине холма, огибая унылое поле. По краям его бесформенными грудами темнели валуны. Слева зиял поросший кустами овраг. Спускаясь под гору, я увидел несколько изб, окруженных березами. В стороне бродили одноцветные коровы, плоские, как театральные декорации. Грязные овцы с декадентскими физиономиями вяло щипали траву. Над крышами летали галки.

Я шел по деревне, надеясь кого-то встретить. Некрашеные серые дома выглядели убого. Колья покосившихся изгородей были увенчаны глиняными сосудами. В накрытых полиэтиленом загонах суетились цыплята. Нервной мультипликационной походкой выступали куры. Звонко тявкали лохматые приземистые собаки.

Я пересек деревню, вернулся. Помедлил возле одного из домов. Хлопнула дверь, и на крыльце появился мужчина в застиранной железнодорожной гимнастерке.

Я поинтересовался, как найти Сорокина.

— Толик меня зовут, — сказал он.

Я представился и еще раз объяснил, что мне нужен Сорокин.

— А где он живет? — спросил Толик.

— В деревне Сосново.

— Так это Сосново и есть.

— Я знаю. Как же мне его найти?

— Тимоху, что ли, Сорокина?

— Его зовут Михал Иваныч.

— Тимоха помер год назад. Замерз поддавши...

— Мне бы Сорокина разыскать.

— Видно, мало поддал. А то бы выжил...

— Мне бы Сорокина...

— Не Мишку, случайно?

— Его зовут Михал Иваныч.

— Так это Мишка и есть. Долихи зять. Знаете Долиху, криво повязанную?

— Я приезжий.

— Не с Опочки?

— Из Ленинграда.

— А, знаю, слышал...

— Так как бы Михал Иваныча разыскать?

— Мишку-то?

— Вот именно.

Толик откровенно и деловито помочился с крыльца. Затем приоткрыл дверь и скомандовал:

— Але! Раздолбай Иваныч! К тебе пришли.

И, подмигнув, добавил:

— С милиции, за алиментами...

Тотчас высунулась багровая рожа, щедро украшенная синими глазами:

— Это... Кому?.. Вы насчет ружья?

— Мне говорили, у вас сдается комната.

На лице Михал Иваныча выразилось сильнейшее замешательство. Впоследствии я убедился, что это — его обычная реакция на любое, самое безобидное заявление.

— Комнату?.. Это... Зачем?

— Я работаю в заповеднике. Хочу снять комнату. Временно. До осени. Есть у вас лишняя комната?

— Дом-то маткин. На мать записан. А матка во Пскове. У ей ноги распухши...

— То есть вы комнату не сдаете?

— Прошлый год евреи жили. Худого не скажу, люди культурные... Ни тебе политуры, ни одеколона... А только — белое, красное и пиво... Лично я евреев уважаю.

— Они Христа распяли, — вмешался Толик.

— Так это когда было! — закричал Михал Иваныч. — Это еще до революции было...

— Комнату, — говорю, — сдаете или нет?

— Проводи человека, — распорядился Толик, застегивая ширинку.

Мы шли втроем по деревенской улице. У изгороди стояла тетка в мужском пиджаке с орденом Красной Звезды на лацкане.

— Зин, одолжи пятерочку! — выкрикнул Михал Иваныч.

Тетка отмахнулась:

— Угоришь с вина... Слыхал, постановление вышло? Всех алкашей повесить на тросу!..

— Куда?! — расхохотался Михал Иваныч. — Железа не хватит. Всей нашей металлургии придет хана...

Потом добавил:

— Вот курва старая. Ты у меня еще дров попросишь... Я в лесничестве работаю — дружбист!

— Кто? — не понял я.

— Бензопила у меня... «Дружба»... Хуяк — и червонец в кармане.

— Дружбист, — ворчала тетка, — с винищем дружишь... До смерти не опейся...

— Трудно, — как будто даже посетовал Михал Иваныч.

Это был широкоплечий, статный человек. Даже рваная, грязная одежда не могла его по-настоящему изуродовать. Бурое лицо, худые мощные ключицы под распахнутой сорочкой, упругий, четкий шаг... Я невольно им любовался...

Дом Михал Иваныча производил страшное впечатление. На фоне облаков чернела покосившаяся антенна. Крыша местами провалилась, оголив неровные темные балки. Стены были небрежно обиты фанерой. Треснувшие стекла — заклеены газетной бумагой. Из бесчисленных щелей торчала грязная пакля.

В комнате хозяина стоял запах прокисшей еды. Над столом я увидел цветной портрет Мао из «Огонька». Рядом широко улыбался Гагарин. В раковине с черными кругами отбитой эмали плавали макароны. Ходики стояли. Утюг, заменявший гирю, касался пола.

Две кошки геральдического вида — угольно-черная и розовато-белая — жеманно фланировали по столу, огибая тарелки. Хозяин шуганул их подвернувшимся валенком. Звякнули осколки. Кошки с безумным ревом перелетели в темный угол.

Соседняя комната выглядела еще безобразнее. Середина потолка угрожающе нависала. Две металлические кровати были завалены тряпьем и смердящими овчинами. Повсюду белели окурки и яичная скорлупа.

Откровенно говоря, я немного растерялся. Сказать бы честно: «Мне это не подходит...» Но очевидно, я все-таки интеллигент. И я произнес нечто лирическое:

— Окна выходят на юг?

— На самый, самый юг, — поддакнул Толик.

За окном я увидел полуразрушенную баню.

— Главное, — сказал я, — вход отдельный.

— Ход отдельный, — согласился Михал Иваныч, — только заколоченный.

— А, — говорю, — жаль.

— Эйн момент, — сказал хозяин, разбежался и вышиб дверь ногой.

— Сколько платить?

— А нисколько.

— То есть как? — спрашиваю.

— А вот так. Неси шесть бутылок отравы, и площадь за тобой.

— Нельзя ли договориться более конкретно? Скажем, двадцать рублей вас устраивает?

Хозяин задумался:

— Это сколько будет?

— Я же говорю — двадцать рублей.

— А если на кир перевести? По рупь четыре?

— Девятнадцать бутылок «Розового крепкого». Пачка «Беломора». Два коробка спичек, — отчеканил Толик.

— И два рубля — подъемных, — уточнил Михал Иваныч.

Я вынул деньги.

— Туалет осмотреть желаете?

— Потом, — говорю. — Значит, условились? Где вы оставляете ключ?

— Нет ключа, — сказал Михал Иваныч, — потерян. Да ты не уходи, мы сбегаем.

— У меня дела на турбазе. В следующий раз...

— Как знаешь. Я на турбазу вечером зайду. Надо Лизке поджопник дать.

— Кто это — Лизка? — спрашиваю.

— Баба моя. В смысле — жена. На турбазе сестрой-хозяйкой работает. Мы с ей разошедши.

— Так что же вы, бить ее собираетесь?

— Кому?.. Ее повесить мало, да неохота связываться. Ружье у меня отобрать хотели, вроде я грозился ее застрелить... Я думал, ты насчет ружья...

— Патронов жалко на ее, — вмешался Толик.

— Не говори, — согласился Михал Иваныч, — я ведь и руками задушу, если надо... Зимой ее встречаю, то да се, по-хорошему... Кричит: «Ой, Мишенька, не буду, ой, пусти...» Майор Джафаров вызывает и говорит:

«Твоя фамилия?»

А я ему:

«Манда кобылья...»

Пятнадцать суток дали, без курева, без ничего... А нам-то хули?.. Сидеть — не работать... Лизка бумагу прокурору написала, сажайте, мол, а то убьет... Чего ее убивать-то?..

— Визгу не оберешься, — согласился Толик. И добавил: — Ну, пошли! А то закроют сельский маг...

Друзья направились в микрорайон, жизнелюбивые, отталкивающие и воинственные, как сорняки...

А я до закрытия просидел в библиотеке.

На подготовку экскурсии ушло три дня. Галина представила меня двум лучшим, с ее точки зрения, экскурсоводам. Я обошел с ними заповедник, прислушиваясь и кое-что записывая.

Заповедник состоял из трех мемориальных объектов. Дом и усадьба Пушкиных в Михайловском. Тригорское, где жили друзья поэта и где он бывал чуть ли не ежедневно. И наконец, монастырь с фамильным захоронением Пушкиных-Ганнибалов.

Экскурсия в Михайловском состояла из нескольких разделов. История усадьбы. Вторая ссылка поэта. Арина Родионовна. Семейство Пушкиных. Друзья, навестившие поэта в изгнании. Декабрьское выступление. И — кабинет, с беглым обзором творчества Пушкина.

Я разыскал хранительницу музея и представился ей. Виктории Альбертовне можно было дать лет сорок. Длинная юбка с воланами, обесцвеченные локоны, инталье, зонтик — претенциозная картинка Бенуа. Этот стиль вымирающего провинциального дворянства здесь явно и умышленно культивировался. В каждом из местных научных работников заявляла о себе его характерная черточка. Кто-то стягивал на груди фантастических размеров цыганскую шаль. У кого-то болталась за плечами изысканная соломенная шляпа. Кому-то достался нелепый веер из перьев.

Виктория Альбертовна беседовала со мной, недоверчиво улыбаясь. К этому я уже начал привыкать. Все служители пушкинского культа были на удивление ревнивы. Пушкин был их коллективной собственностью, их обожаемым возлюбленным, их нежно лелеемым детищем. Всякое посягательство на эту личную святыню их раздражало. Они спешили убедиться в моем невежестве, цинизме и корыстолюбии.

— Зачем вы приехали? — спросила хранительница.

— За длинным рублем, — говорю.

Виктория Альбертовна едва не лишилась чувств.

— Извините, я пошутил.

— Шутки здесь абсолютно неуместны.

— Согласен. Можно задать один вопрос? Какие экспонаты музея — подлинные?

— Разве это важно?

— Мне кажется — да. Ведь музей — не театр.

— Здесь все подлинное. Река, холмы, деревья — сверстники Пушкина. Его собеседники и друзья. Вся удивительная природа здешних мест...

— Речь об экспонатах музея, — перебил я, — большинство из них комментируется в методичке уклончиво:

«Посуда, обнаруженная на территории имения...»

— Что конкретно вас интересует? Что бы вы хотели увидеть?

— Ну, личные вещи... Если таковые имеются...

— Кому вы адресуете свои претензии?

— Да какие же могут быть претензии?! И тем более — к вам! Я только спросил...

— Личные вещи Пушкина?.. Музей создавался через десятки лет после его гибели...

— Так, — говорю, — всегда и получается. Сперва угробят человека, а потом начинают разыскивать его личные вещи. Так было с Достоевским, с Есениным... Так будет с Пастернаком. Опомнятся — начнут искать личные вещи Солженицына...

— Но мы воссоздаем колорит, атмосферу, — сказала хранительница.

— Понятно. Этажерка — настоящая?

— По крайней мере — той эпохи.

— А портрет Байрона?

— Настоящий, — обрадовалась Виктория Альбертовна, — подарен Вульфам... Там имеется надпись... Какой вы, однако, привередливый. Личные вещи, личные вещи... А по-моему, это нездоровый интерес...

Я ощутил себя грабителем, застигнутым в чужой квартире.

— Какой же, — говорю, — без этого музей? Без нездорового-то интереса? Здоровый интерес бывает только к ветчине...

— Мало вам природы? Мало вам того, что он бродил по этим склонам? Купался в этой реке. Любовался этой дивной панорамой...

Ну, чего, думаю, я к ней пристал?

— Понятно, — говорю, — спасибо, Вика.

Вдруг она нагнулась. Сорвала какой-то злак. Ощутимо хлестнула меня по лицу. Коротко нервно захохотала и удалилась, приподняв юбку-макси с воланами.

Я присоединился к группе, направлявшейся в Тригорское.

Хранители усадьбы — супружеская чета — мне неожиданно понравились. Будучи женаты, они могли позволить себе такую роскошь, как добродушие. Полина Федоровна казалась властной, энергичной и немного самоуверенной. Коля выглядел смущенным увальнем и держался на заднем плане.

Тригорское лежало на отшибе. Начальство редко сюда заглядывало. Экспозиция была построена логично и красиво. Юный Пушкин, милые влюбленные барышни, атмосфера изящного летнего флирта...

Я обошел парк. Затем спустился к реке. В ней зеленели опрокинутые деревья. Проплывали легкие облака.

Я захотел выкупаться, но тут подошел рейсовый автобус.

Я отправился в Святогорский монастырь. Старухи торговали цветами у ворот. Я купил несколько тюльпанов и поднялся к могиле.

У ограды фотографировались туристы. Их улыбающиеся лица показались мне отвратительными. Рядом устроились двое неудачников с мольбертами.

Я положил цветы и ушел. Надо было посмотреть экспозицию Успенского собора. В прохладных каменных нишах звучало эхо. Под сводами дремали голуби. Храм был реален, приземист и грациозен. В углу центрального зала тускло поблескивал разбитый колокол. Один из туристов звонко стучал по нему ключом...

В южном приделе я увидел знаменитый рисунок Бруни. Здесь же белела посмертная маска. Две громадные картины воспроизводили тайный увоз и похороны. Александр Тургенев был похож на даму...

Подошла группа туристов. Я направился к выходу. Вслед доносилось:

— История культуры не знает события, равного по трагизму... Самодержавие рукой великосветского шкоды...

Итак, я поселился у Михал Иваныча. Пил он беспрерывно. До изумления, паралича и бреда. Причем бредил он исключительно матом. А матерился с тем же чувством, с каким пожилые интеллигентные люди вполголоса напевают. То есть для себя, без расчета на одобрение или протест.

Трезвым я его видел дважды. В эти парадоксальные дни Михал Иваныч запускал одновременно радио и телевизор. Ложился в брюках, доставал коробку из-под торта «Сказка». И начинал читать открытки, полученные за всю жизнь. Читал и комментировал:

«...Здравствуй, папа крестный!.. Ну, здравствуй, здравствуй, выблядок овечий!.. Желаю тебе успехов в работе... Успехов желает, едри твою мать... Остаюсь вечно твой Радик... Вечно твой, вечно твой... Да на хрен ты мне сдался?..»

В деревне Михал Иваныча не любили, завидовали ему. Мол, и я бы запил! Ух, как запил бы, люди добрые! Уж как я запил бы, в гробину мать!.. Так ведь хозяйство... А ему что... Хозяйства у Михал Иваныча не было. Две худые собаки, которые порой надолго исчезали. Тощая яблоня и грядка зеленого лука...

Как-то дождливым вечером мы с ним разговорились:

— Миша, ты любил свою жену?

— Кому?! Жену-то? Бабу, в смысле? Лизку, значит? — всполошился Михал Иваныч.

— Лизу. Елизавету Прохоровну.

— А чего ее любить? Хвать за это дело и поехал...

— Что же тебя в ней привлекало?

Михал Иваныч надолго задумался.

— Спала аккуратно, — выговорил он, — тихо, как гусеница...

Молоко я брал в соседнем доме у Никитиных. Те жили солидно. Телевизор, «Незнакомка» Крамского... С пяти утра хозяин занимался делами. Чинил забор, копался в огороде. Как-то вижу — телка за ноги подвешена. Хозяин шкуру снимает. А нож белый-белый, в крови...

Никитиных Михал Иваныч презирал. И они его — соответственно.

— Все пьет? — интересовалась Надежда Федоровна, размешивая в лохани куриную еду.

— Видел я его на базе, — говорил Никитин, орудуя фуганком, — с утра подмалевавши.

Мне не хотелось им поддакивать.

— Зато он добрый.

— Добрый, — соглашался Никитин, — жену чуть не зарезал. Все платья ейные спалил. Ребятишки в кедах бегают зимой... А так он добрый...

— Миша — человек безрассудный, я понимаю, но добрый и внутренне интеллигентный...

Действительно, было в Михал Иваныче что-то аристократическое. Пустые бутылки он не сдавал, выбрасывал.

— Совестно мне, — говорил он, — чего это я буду, как нищий...

Как-то раз проснулся он, и было ему совсем худо. Пожаловался:

— Колотит всего.

Я дал ему рубль. В обед спрашиваю:

— Ну как, полегче?

— Кого?

— Опохмелился?

— Ну. Как на сковороду плеснул, аж зашипело!

Вечером ему опять стало плохо.

— К Никитину пойду. Или рупь даст, или так нальет...

Я вышел на крыльцо. Слышу разговор:

— Сосед, холера, дай пятерку.

— Ты мне с Покрова́ должен.

— Отдам.

— Отдашь — тогда поговорим.

— Да принесу с аванса.

— Какой аванс?! Тебя давно уж маханули по статье...

— А... Конем их!.. Все же дай пятерочку. Из принципа дай, бляха-муха! Покажи наш советский характер!

— На водку, что ли?

— Кого? На дело...

— Какое у тебя, паразита, дело?

Трудно лгать Михал Иванычу, ослаб.

— Выпить надо, — говорит он.

— Не дам. Хочешь, обижайся — не дам!

— Так я ж верну с аванса.

— Не дам.

И чтобы кончить разговор, уходит Никитин в избу, хлопнув тяжелой дверью с голубым почтовым ящиком.

— Ну, погоди, сосед! — возмущается Михал Иваныч. — Погоди!.. Дождешься! Ох, дождешься! Вспомнишь этот разговор!..

В ответ — ни звука. Бродят куры. Золотистые связки лука над крыльцом...

— Я тебе устрою веселую жизнь! Ты у меня...

Краснолицый, взъерошенный, Михал Иваныч продолжает орать:

— Забыл?! Все, гад, забыл?! Начисто?!.

— Чего забыл-то? — выглядывает Никитин.

— Забыл — так мы напомним!

— Чего забыл-то, ну?

— Все напомним. Напомним семнадцатый год! Мы тебя это... Мы тебя, холеру, раскулачим! Всех партейных раскулачим! В чека тебя отправим, как этого... Как батьку Махно... Там живо...

И, выждав некоторую паузу:

— Сосед, выручи, дай пятерочку... Ну, трояк... Христом-Богом прошу... Сучара ты бацильная...

Наконец я отважился приступить к работе. Мне досталась группа туристов из Прибалтики. Это были сдержанные, дисциплинированные люди. Удовлетворенно слушали, вопросов не задавали. Я старался говорить коротко и не был уверен, что меня понимают.

Впоследствии меня обстоятельно проинструктировали. Туристы из Риги — самые воспитанные. Что ни скажи, кивают и улыбаются. Если задают вопросы, то, как говорится, по хозяйству. Сколько было у Пушкина крепостных? Какой доход приносило Михайловское? Во что обошелся ремонт господского дома?

Кавказцы ведут себя иначе. Они вообще не слушают. Беседуют между собой и хохочут. По дороге в Тригорское любовно смотрят на овец. Очевидно, различают в них потенциальный шашлык. Если задают вопросы, то совершенно неожиданные. Например: «Из-за чего была дуэль у Пушкина с Лермонтовым?»

Что касается соотечественников, то их необходимо дифференцировать. Работягам излагать коротко и просто. К служащим быть повнимательнее. Среди них попадаются весьма эрудированные. Начитавшиеся Пикуля, Рождественского, Мейлаха. Почерпнувшие дикие сведения у Новикова...

Интеллигенция наиболее придирчива и коварна. Готовясь к туристскому вояжу, интеллигент штудирует пособия. Какой-нибудь третьестепенный факт западает ему в душу. Момент отдаленного родства. Курьезная выходка, реплика, случай... Малосущественная цитата... И так далее.

На третий день работы женщина в очках спросила меня:

— Когда родился Бенкендорф?

— Году в семидесятом, — ответил я.

В допущенной мною инверсии звучала неуверенность.

— А точнее? — спросила женщина.

— К сожалению, — говорю, — забыл...

Зачем, думаю, я лгу? Сказать бы честно: «А пес его знает!»... Не такая уж великая радость — появление на свет Бенкендорфа.

— Александр Христофорович Бенкендорф, — укоризненно произнесла дама, — родился в тысяча семьсот восемьдесят четвертом году. Причем в июне...

Я кивнул, давая понять, что нахожу это сообщение ценным.

С этой минуты она не переставала иронически улыбаться. Так, словно мое равнодушие к Бенкендорфу говорило о полной духовной нищете...

Итак, я приступил к работе. Первую экскурсию методисты обычно не слушают. Дают тебе возможность освоиться, почувствовать себя увереннее. Это меня и спасло. А произошло вот что.

Я благополучно миновал прихожую. Продемонстрировал рисунок землемера Иванова. Рассказал о первой ссылке. Затем о второй. Перебираюсь в комнату Арины Родионовны... «Единственным по-настоящему близким человеком оказалась крепостная няня...» Все как положено... «...Была одновременно — снисходительна и ворчлива, простодушно религиозна и чрезвычайно деловита...» Барельеф работы Серякова... «Предлагали вольную — отказалась...»

И наконец:

— Поэт то и дело обращался к няне в стихах. Всем известны такие, например, задушевные строки...

Тут я на секунду забылся. И вздрогнул, услышав собственный голос:

> Ты еще жива, моя старушка,
> Жив и я, привет тебе, привет!
> Пусть струится над твоей избушкой...

Я обмер. Сейчас кто-нибудь выкрикнет:

«Безумец и невежда! Это же Есенин — „Письмо к матери“...»

Я продолжал декламировать, лихорадочно соображая: «Да, товарищи, вы совершенно правы. Конечно же это Есенин. И действительно — „Письмо к матери“. Но как близка, заметьте, интонация Пушкина лирике Сергея Есенина! Как органично реализуются в поэтике Есенина...» И так далее.

Я продолжал декламировать. Где-то в конце угрожающе сиял финский нож... «Тра-та-тита-там в кабацкой драке, тра-та-там под сердце финский нож...» В сантиметре от этого грозно поблескивающего лезвия мне удалось затормозить. В наступившей тишине я ждал бури. Все молчали. Лица были взволнованны и строги. Лишь один пожилой турист со значением выговорил:

— Да, были люди...

В следующем зале я приписал «Мнемозину» Дельвигу. Затем назвал Сергея Львовича — Сергеем Александровичем. (Видно, Есенин надолго оккупировал мое подсознание.) Но это были сущие пустяки. Я уж не говорю о трех сомнительных литературоведческих догадках.

В Тригорском и в монастыре экскурсия прошла благополучно. Надо было сделать логичнее переходы из одного зала в другой. Продумать так называемые связки. В одном случае мне это долго не удавалось. Между комнатой Зизи и гостиной. Наконец я придумал эту злополучную связку. И в дальнейшем неизменно ею пользовался:

«Друзья мои! Здесь, я вижу, тесновато. Пройдемте в следующий зал!..»

Параллельно я слушал чужие экскурсии. В каждой находил что-то любопытное для себя. Подружился с ленинградскими экскурсоводами. Уже который год они приезжали в заповедник на лето.

Один из них — Володя Митрофанов. Он-то меня и сагитировал. И сам приехал вслед. Хотелось бы рассказать подробнее об этом человеке.

В школьные годы Митрофанов славился так называемой «зеркальной памятью». С легкостью заучивал наизусть целые главы из учебников. Его демонстрировали как чудо-ребенка. Мало того, Бог одарил его неутолимой жаждой знаний. В нем сочетались безграничная любознательность и феноменальная память. Его ожидала блестящая научная карьера.

Митрофанова интересовало все: биология, география, теория поля, чревовещание, филателия, супрематизм, основы дрессировки... Он прочитывал три серьезных книги в день... Триумфально кончил школу, легко поступил на филфак.

Университетская профессура была озадачена. Митрофанов знал абсолютно все и требовал новых познаний. Крупные ученые сутками просиживали в библиотеках, штудируя для

Митрофанова забытые теории и разделы науки. Параллельно Митрофанов слушал лекции на юридическом, биологическом и химическом факультетах.

Уникальная память и безмерная жажда знаний — в сочетании — творили чудеса. Но тут выявилось поразительное обстоятельство. Этими качествами натура Митрофанова целиком и полностью исчерпывалась. Другими качествами Митрофанов не обладал. Он родился гением чистого познания.

Первая же его курсовая работа осталась незавершенной. Более того, он написал лишь первую фразу. Вернее — начало первой фразы. А именно: «Как нам известно...» На этом гениально задуманная работа была прервана.

Митрофанов вырос фантастическим лентяем, если можно назвать лентяем человека, прочитавшего десять тысяч книг.

Митрофанов не умывался, не брился, не посещал ленинских субботников. Не возвращал долгов и не зашнуровывал ботинок. Надевать кепку он ленился. Он просто клал ее на голову.

В колхоз — не поехал. Взял и не явился без уважительной причины.

Из университета Митрофанова отчислили. Друзья пытались устроить его на работу. Некоторое время он был личным секретарем академика Фирсова. Поначалу все шло замечательно. Он часами сидел в библиотеке Академии наук. Подбирал для Фирсова нужные материалы.

Охотно делился уже имеющимися в памяти сведениями. Престарелый ученый ожил. Он предложил Володе совместно разрабатывать теорию диатонального гидатопироморфизма. (Или чего-то в этом роде.) Академик сказал:

— Записывать будете вы. Я близорук.

На следующий день Митрофанов исчез. Он ленился записывать.

Несколько месяцев бездельничал. Прочитал еще триста книг. Выучил два языка — румынский и хинди.

Обедал у друзей, расплачиваясь яркими пространными лекциями. Ему дарили поношенную одежду...

Затем Митрофанова пытались устроить на Ленфильм. Более того, специально утвердили новую штатную единицу: «Консультант по любым вопросам».

Это была редкая удача. Митрофанов знал костюмы и обычаи всех эпох. Фауну любого уголка земли. Мельчайшие подробности в ходе доисторических событий. Парадоксальные реплики второстепенных государственных деятелей. Он знал, сколько пуговиц было на камзоле Талейрана. Он помнил, как звали жену Ломоносова...

Митрофанов не смог заполнить анкету. Даже те ее разделы, где было сказано: «Нужное подчеркнуть». Ему было лень...

Его устроили сторожем в кинотеатр. Ночная работа, хочешь — спи, хочешь — читай, хочешь — думай. Митрофанову вменялась единственная обязанность. После двенадцати нужно было выключить какой-то рубильник. Митрофанов забывал его выключить. Или ленился. Его уволили...

Впоследствии мы с горечью узнали, что Митрофанов не просто лентяй. У него обнаружилось редкое клиническое заболевание – абулия. То есть полная атрофия воли.

Он был явлением растительного мира. Прихотливым и ярким цветком. Не может хризантема сама себя окучивать или поливать...

Наконец Митрофанов услышал о Пушкинском заповеднике. Приехал, осмотрелся. И выяснил, что это единственное учреждение, где он может быть полезен.

Что требуется от экскурсовода? Яркий впечатляющий рассказ. И больше ничего.

Рассказывать Митрофанов умел. Его экскурсии были насыщены внезапными параллелями, ослепительными гипотезами, редкими архивными справками и цитатами на шести языках.

Его экскурсии продолжались вдвое дольше обычных. Иногда туристы падали в обморок от напряжения.

Были, конечно, и сложности. Митрофанов ленился подниматься на Савкину Горку. Туристы карабкались на гору, а Митрофанов, стоя у подножия, выкрикивал:

– Как и много лет назад, этот большой зеленый холм возвышается над Соротью. Удивительная симметричность его формы говорит об искусственном происхождении. Что же касается этимологии названия — «Сороть», то она весьма любопытна. Хоть и не совсем пристойна...

Был случай, когда экскурсанты, расстелив дерматиновый плащ, волоком тащили Митрофанова на гору. Он же довольно улыбался и вещал:

— Предание гласит, что здесь стоял один из монастырей Воронича...

В заповеднике его ценили...

Не менее яркой личностью был Стасик Потоцкий. Родился он в городе Чебоксары. До шестнадцати лет не выделялся. Играл в хоккей, не задумываясь о серьезных проблемах. Наконец, с делегацией юных спортсменов попал в Ленинград.

В первый же день его лишила невинности коридорная гостиницы «Сокол». Ему повезло. Она была старая и чуткая. Угостила юниора вином «Алабашлы». Шептала ему, заплаканному, пьяному, влюбленному:

— Гляди-ка, маленький, а ёбкий...

Потоцкий быстро уяснил, что на земле есть две вещи, ради которых стоит жить. Это — вино и женщины. Остальное не заслуживает внимания. Но женщины и вино стоят денег. Следовательно, надо уметь их зарабатывать. Желательно — без особого труда. И чтобы хорошо платили. И чтобы не угодить в тюрьму...

Он решил стать беллетристом. Прочитал двенадцать современных книг. Убедился, что может писать не хуже. Приобрел коленкоровую тетрадь, авторучку и запасной стержень.

Первое же его сочинение было опубликовано в «Юности». Рассказ назывался «Победа Шурки Чемоданова». Юный хоккеист Чемоданов много возомнил о себе и бросил учебу. Затем одумался. Стал прекрасно учиться и еще лучше играть в хоккей. Произведение заканчивалось так:

«— Главное — быть человеком, Шурка, — сказал Лукьяныч и зашагал прочь.

Шурка долго, долго глядел ему вслед...»

Рассказ был на удивление зауряден. Десятки и сотни его близнецов украшали молодежные журналы. К Потоцкому отнеслись снисходительно. Как провинциальный автор он, видимо, заслуживал скидки.

В течение года ему удалось напечатать семь рассказов и повесть. Сочинения его были тривиальны, идейно полноценны, убоги. В каждом слышалось что-то знакомое. От цензуры их защищала надежная броня литературной вторичности. Они звучали убедительно, как цитаты. Наиболее яркими в них были стилистические погрешности и опечатки:

«В октябре Мишутке кануло тринадцать лет...» (Рассказ «Мишуткино горе».)

«— Да будет ему земля прахом! — кончил свою речь Одинцов...» (Рассказ «Дым поднимается к небу».)

«— Не суйте мне белки в колеса, — угрожающе произнес Лепко...» (Повесть «Чайки летят к горизонту».)

Впоследствии Потоцкий говорил мне:

«...Я — писатель, бля, типа Чехова. Чехов был абсолютно прав. Рассказ можно написать о чем угодно. Сюжетов навалом. Возьмем любую профессию. Например, врач. Пожалуйста. Хирург, бля, делает операцию. И узнает в больном — соперника. Человека, с которым ему изменила жена. Перед хирургом нравственная, бля, дилемма. То ли спасти человека, то ли отрезать ему... Нет, это слишком, это, бля, перегиб... В общем, хирург колеблется. А потом берет скальпель и делает чудо. Конец, бля, такой: „Медсестра долго, долго глядела ему вслед...“ Или, например, о море, — говорил Потоцкий, — запросто... Моряк, бля, уходит на пенсию. Покидает родное судно. На корабле остаются его друзья, его прошлое, его молодость. Мрачный, он идет по набережной Фонтанки. И видит, бля, парнишка тонет. Моряк, не раздумывая, бросается в ледяную пучину. Рискуя жизнью, вытаскивает паренька... Конец такой: „Навсегда запомнил Витька эту руку. Широкую, мозолистую руку с голубым якорем на запястье...“ То есть моряк всегда остается моряком, даже если он, бля, на пенсии...»

Потоцкий сочинял один рассказ в день. У него вышла книга. Она называлась «Счастье трудных дорог». Ее доброжелательно рецензировали, мягко указывая на захолустное происхождение автора.

Стасик решил покинуть Чебоксары. Ему хотелось расправить крылья. Он переехал в Ленинград. Полюбил ресторан «Европа» и двух манекенщиц.

В Ленинграде к его сочинениям отнеслись прохладно. Стереотипы здесь были повыше. Полная бездарность не оплачивалась. Талант настораживал. Гениальность порождала ужас. Наиболее рентабельными казались — «явные литературные способности». У Потоцкого не было явных способностей. Что-то мерцало в его сочинениях, проскальзывало, брезжило. Какие-то случайные фразы, отдельные реплики... «Перламутровая головка чеснока...», «Парафиновые ноги стюардессы...». Однако явных способностей не было.

Издавать его перестали. То, что прощалось захолустному новичку, раздражало в столичном литераторе. Стасик запил, и не в «Европе», а в подвалах у художников. И не с манекенщицами, а со знакомой коридорной. (Теперь она продавала фрукты с лотка...)

Так он пьянствовал года четыре. Год отсидел за бродяжничество. Коридорная (она же — работник торговли) покинула его. То ли он избил ее, то ли обокрал...

Его одежда превратилась в лохмотья. Товарищи перестали одалживать рубли и уже не дарили бросовых штанов. Милиция снова грозила тюрьмой за нарушение паспортного режима. Кто-то надоумил его поехать в заповедник. Стасик воспрянул духом. Подготовился. Стал водить экскурсии. Причем водил неплохо. Главным его козырем была доверительная интимность:

«Личная трагедия Пушкина и сейчас отзывается в нас мучительной душевной болью...»

Потоцкий украшал свои монологи фантастическими деталями. Разыгрывал в лицах сцену дуэли. Один раз даже упал на траву. Заканчивал экскурсию таинственным метафизическим измышлением:

«Наконец после долгой и мучительной болезни великий гражданин России скончался. А Дантес все еще жив, товарищи...»

То и дело он запивал, бросая работу. «Бомбил» по гривеннику на крыльце шалмана. Собирал пустые бутылки в кустах. Спал на треснувшей могильной плите Алексея Николаевича Вульфа.

Капитан милиции Шатько, встречая его, укоризненно говорил:

«Потоцкий, вы своим обликом нарушаете гармонию здешних мест...»

Затем Потоцкий выдумал новый трюк. Он бродил по монастырю. Подстерегал очередную группу возле могилы. Дожидался конца экскурсии. Отзывал старосту и шепотом говорил:

«Антр ну! Между нами! Соберите по тридцать копеек. Я укажу вам истинную могилу

Пушкина, которую большевики скрывают от народа!»

Затем уводил группу в лес и показывал экскурсантам невзрачный холмик. Иногда какой-нибудь дотошный турист спрашивал:

— А зачем скрывают настоящую могилу?

— Зачем? — сардонически усмехался Потоцкий. — Вас интересует — зачем? Товарищи, гражданина интересует — зачем?

— Ах да, я понимаю, понимаю, — лепетал турист...

Ко дню моего приезда Стасик был изнурен недельным запоем. Он выпросил у меня рубль и коричневые перфорированные сандалии. Затем рассказал драматическую историю:

— Дед, я чуть не разбогател. Я придумал исключительный финансовый трюк. Послушай, идея такова. Я знакомлюсь с каким-нибудь фраером. У него машина, деньги, бля, и прочее. Мы берем одну, заметь — одну чувиху и едем на пленэр. Там мы вдвоем отмечаемся...

— Не понял.

— По очереди ее того... Утром я бегу к нему. «Дед, у меня закапало». Он в панике. Тогда я ему говорю: «Можно, бля, посодействовать. Будет стоить всего лишь четвертак». Фраер прыгает от радости. Я беру шприц с чистой водой из-под крана. Делаю укол в задницу ему и себе. Фраер с благодарностью откидывает мне четвертак. И мы расстаемся друзьями. Чувиха получает колготки за семь рублей. Восемнадцать рэ чистой прибыли. Все было гениально задумано. Операция — «Фиктивный трипак»... И надо же, бля, сорвалось...

— То есть?

— Сначала все шло хорошо. Фраер меня дико полюбил. Взяли коньяку, бутербродов. Я ангажировал Милку косоглазую из «Витязя»... Едем, бля, на пленэр. Киряем, отмечаемся. И что ты думаешь? Фраер сам прибегает наутро: «Дед, — орет, — у меня с конца закапало!..» Садится, бля, в машину и уезжает. Я бегу в поликлинику к Фиме. Так, мол, и так. Фима говорит: «Двадцать пять рублей!..» Мама родная! Где их взять?! Всю Псковщину обегал, еле наскреб. Одиннадцать дней не пил... Потом, бля, разговелся... Ты как насчет этого?

— Насчет пленэра?

— Насчет портвейна.

Я замахал руками. Мне ведь — стоит только начать. Останавливаться я не умею. Самосвал без тормозов...

Стасик подкинул металлический рубль на ладони и ушел...

— Завтра вас будут прослушивать, — сказала Галина.

— Уже?

— По-моему, вы готовы. Зачем откладывать?

Поначалу я нервничал, заметив среди туристов Викторию Альбертовну. Вика улыбалась, то ли дружелюбно, то ли иронически.

Постепенно я осмелел. Группа попалась требовательная. Активисты ДОСААФ из Торжка. Без конца задавали вопросы.

— Это, — говорю, — знаменитый портрет работы Кипренского... Заказан Дельвигом... Возвышенная трактовка... Черточки романтической приукрашенности... «Себя как в зеркале я вижу...» Куплен Пушкиным у вдовы барона...

— Когда? В каком году?

— Я думаю, в тридцатом.

— За сколько?

— Какая разница! — не выдержал я.

Вика мне что-то подсказывала, беззвучно шевеля губами.

Перешли в кабинет. Демонстрирую портрет Байрона, трость, этажерку... Перехожу к творчеству... «Интенсивный период... Статьи... Проект журнала...», «Годунов», «Цыганы»... Библиотека... «Я скоро весь умру, но тень мою любя...» И так далее.

Вдруг слышу:

— Пистолеты настоящие?

— Подлинный дуэльный комплект системы Лепажа.

Тот же голос:

— Лепажа? А я думал — Пушкина.

Объясняю:

— Пистолеты той эпохи. Системы знаменитого оружейника Лепажа. Пушкин знал и любил хорошее оружие. У него были такие же пистолеты...

— А калибр?

— Что — калибр?

— Меня интересует калибр.

— Калибр, — говорю, — подходящий.

— Чу́дно, — вдруг успокоился турист.

Пока моя группа осматривала домик няни, Виктория Альбертовна шептала:

— Вы хорошо излагаете, непринужденно... У вас какое-то свое отношение. Но иногда... Я просто в ужасе... Вы назвали Пушкина сумасшедшей обезьяной...

— Не совсем так.

— Я вас очень прошу — сдержаннее.

— Постараюсь.

— А в целом — неплохо...

Я стал водить экскурсии регулярно. Иногда по две за смену. Очевидно, мною были довольны. Если приезжали деятели культуры, учителя, интеллигенция — с ними работал я. Мои экскурсии чем-то выделялись. Например, «свободной манерой изложения», как указывала хранительница Тригорского. Тут сказывалась, конечно, изрядная доля моего актерства. Хотя дней через пять я заучил текст экскурсии наизусть, мне ловко удавалось симулировать взволнованную импровизацию. Я искусственно заикался, как бы подыскивая формулировки, оговаривался, жестикулировал, украшая свои тщательно разработанные экспромты афоризмами Гуковского и Щеголева. Чем лучше я узнавал Пушкина, тем меньше хотелось рассуждать о нем. Да еще на таком постыдном уровне. Я механически исполнял свою роль, получая за это неплохое вознаграждение. (Полная экскурсия стоила около восьми рублей.)

В местной библиотеке я нашел десяток редких книг о Пушкине. Кроме того, перечитал его беллетристику и статьи. Больше всего меня заинтересовало олимпийское равнодушие Пушкина. Его готовность принять и выразить любую точку зрения. Его неизменное стремление к последней высшей объективности. Подобно луне, которая освещает дорогу и хищнику и жертве.

Не монархист, не заговорщик, не христианин — он был только поэтом, гением и сочувствовал движению жизни в целом.

Его литература выше нравственности. Она побеждает нравственность и даже заменяет ее. Его литература сродни молитве, природе... Впрочем, я не литературовед...

Моя работа начиналась с девяти утра. Мы сидели в бюро, ожидая клиентов. Разговоры велись о Пушкине и о туристах. Чаще о туристах. Об их вопиющем невежестве.

«Представляете, он меня спрашивает, кто такой Борис Годунов?..»

Лично я в подобных ситуациях не испытывал раздражения. Вернее, испытывал, но подавлял. Туристы приехали отдыхать. Местком навязал им дешевые путевки. К поэзии эти люди, в общем-то, равнодушны. Пушкин для них — это символ культуры. Им важно ощущение — я здесь был. Необходимо поставить галочку в сознании. Расписаться в книге духовности...

Моя обязанность — доставить им эту радость, не слишком утомляя. Получив семь шестьдесят и трогательную запись в книге отзывов:

«Мы увидели живого Пушкина благодаря экскурсоводу такому-то и его скромным знаниям...»

Дни мои проходили однообразно. Экскурсии заканчивались в два. Я обедал в «Лукоморье» и шел домой. Несколько раз Митрофанов с Потоцким звали выпить. Я отказывался. Это не стоило мне больших усилий. От первой рюмки я легко воздерживаюсь. А вот останавливаться не умею. Мотор хороший, да тормоза подводят...

Жене и дочке я не писал. Это не имело смысла. Думал, подожду, там видно будет...

Короче, жизнь несколько стабилизировалась. Я старался меньше размышлять на отвлеченные темы. Мои несчастья были вне поля зрения. Где-то за спиной. Пока не оглянешься — спокоен. Можно не оглядываться...

Между делом я прочитал Лихоносова. Конечно, хороший писатель. Талантливый, яркий, пластичный. Живую речь воспроизводит замечательно. (Услышал бы Толстой подобный комплимент!) И тем не менее в основе — безнадежное, унылое, назойливое чувство. Худосочный и нудный мотив: «Где ты, Русь?! Куда все подевалось?! Где частушки, рушники, кокошники?! Где хлебосольство, удаль и размах?! Где самовары, иконы, подвижники, юродивые?! Где стерлядь, карпы, мед, зернистая икра?! Где обыкновенные лошади, черт побери?! Где целомудренная стыдливость чувств?!.»

Голову ломают:

«Где ты, Русь?! Куда девалась?! Кто тебя обезобразил?!»

Кто, кто... Известно кто...

И нечего тут голову ломать...

Отношения с Михал Иванычем были просты и рациональны. Первое время он часто заходил ко мне. Вытаскивал из карманов бутылки. Я махал руками. Он пил из горлышка, что-то многословно бормоча. Я не без труда улавливал смысл его пространных монологов.

И вообще, Мишина речь была организована примечательно. Членораздельно и ответственно Миша выговаривал лишь существительные и глаголы. Главным образом, в непристойных сочетаниях. Второстепенные же члены употреблял Михал Иваныч совершенно произвольно. Какие подвернутся. Я уже не говорю о предлогах, частицах и междометиях. Их он создавал прямо на ходу. Речь его была сродни классической музыке, абстрактной живописи или пению щегла. Эмоции явно преобладали над смыслом.

Допустим, я говорил:

— Миша, пора тебе завязывать хотя бы на время.

В ответ раздавалось:

— Эт сидор-пидор бозна где... Пятерку утром хва и знато бысь в гадюшник... Аванс мой тыка што на дипоненте... Кого же еньть завязывать?.. Без пользы тыка... И душа не взойде...

Мишины выступления напоминали звукопись ремизовской школы.

Болтливых женщин он называл таратайками. Плохих хозяек — росомахами. Неверных жен — шаландами. Пиво и водку — балдой, отравой и керосином. Молодое поколение — описью...

«На турбазе опись гаешная бозна халабудит...»

В смысле — молодежь, несовершеннолетняя шпана озорничает и творит бог знает что...

Отношения наши были построены четко. Миша брал для меня у тещи лук, сметану, грибы и картофель. Плату с негодованием отвергал. Зато я каждое утро давал ему рубль на вино. И удерживал от попыток застрелить жену Лизу. Иногда с риском для моей собственной жизни.

Получалось — мы в расчете.

Что он за личность, я так и не понял. С виду — нелепый, добрый, бестолковый. Однажды повесил двух кошек на рябине. Петли смастерил из рыболовной лески.

— Расплодились, — говорит, — шумовки, сопсюду лузгают...

Как-то раз я нечаянно задвинул изнутри щеколду. И он до утра просидел на крыльце, боялся меня разбудить...

Был он нелепым и в доброте своей, и в злобе. Начальство материл в лицо последними словами. А проходя мимо изображения Фридриха Энгельса, стаскивал шапку. Без конца проклинал родезийского диктатора Яна Смита. Зато любил и уважал буфетчицу в шалмане, которая его неизменно обсчитывала:

«Без этого нельзя, порядок есть порядок!»

Самое жуткое его проклятие звучало так:

«Работаете на капиталистов!»

Как-то раз милиционер Довейко отобрал у него, у пьяного, германский штык.

— Капиталистам служишь, гад! — орал ему Михал Иваныч.

Жена и теща унесли в его отсутствие радиоприемник.

— Все равно от капиталистов спасиба не дождутся, — заверял Михал Иваныч.

Беседовали мы с ним всего раза два. Помню, Миша говорил (текст слегка облагорожен):

— Я пацаном был, когда здесь немцы стояли. Худого не делали, честно скажу. Кур забрали, свинью у деда Тимохи... А худого не делали. И баб не трогали. Те даже обижаться стали... Мой батя самогонку гнал. На консервы менял у фашистов... Правда, жидов и цыган они того...

— Расстреляли?

— Увезли с концами. Порядок есть порядок...

— А ты говоришь, худого не делали.

— Худого, ей-богу, не делали. Жидов и цыган — это как положено...

— Чем же тебе евреи не угодили?

— Евреев уважаю. Я за еврея дюжину хохлов отдам. А цыган своими руками передушил бы.

— За что?

— Как за что?! Во дает! Цыган и есть цыган...

В июле я начал писать. Это были странные наброски, диалоги, поиски тона. Что-то вроде конспекта с неясно очерченными фигурами и мотивами. Несчастная любовь, долги, женитьба, творчество, конфликт с государством. Плюс, как говорил Достоевский, — оттенок высшего значения.

Я думал, что в этих занятиях растворятся мои невзгоды. Так уже бывало раньше, в пору литературного становления. Вроде бы это называется — сублимация. Когда пытаешься возложить на литературу ответственность за свои грехи. Сочинил человек «Короля Лира» и может после этого год не вытаскивать шпагу...

Вскоре отослал жене семьдесят рублей. Купил себе рубашку — поступок для меня беспрецедентный.

Доходили слухи о каких-то публикациях на Западе. Я старался об этом не думать. Ведь мне безразлично, что делается на том свете. Прямо так и скажу, если вызовут...

Кроме того, я отправил несколько долговых писем. Мол, работаю, скоро верну, извините...

Все кредиторы реагировали благородно: не спеши, деньги есть, заработаешь — отдашь...

Короче, жизнь обрела равновесие. Стала казаться более осмысленной и логичной. Ведь кошмар и безнадежность — еще не самое плохое. Самое ужасное — хаос...

Стоит пожить неделю без водки, и дурман рассеивается. Жизнь обретает сравнительно четкие контуры. Даже неприятности кажутся законным явлением.

Я очень боялся нарушить это зыбкое равновесие. Грубил, если звали выпить. Раздражался, если со мной заговаривали девушки в экскурсионном бюро.

Потоцкий говорил:

— Борька трезвый и Борька пьяный настолько разные люди, что они даже не знакомы между собой...

И все-таки я чувствовал — не может это продолжаться без конца. Нельзя уйти от жизненных проблем... Слабые люди преодолевают жизнь, мужественные — осваивают... Если живешь неправильно, рано или поздно что-то случится...

Утро. Молоко с голубоватой пенкой. Лай собак, позвякиванье ведер...

За стеной похмельный Мишин голос:

— Сынок, кинь рублишко!

Я высыпал ему оставшуюся мелочь, накормил собак.

На турбазе за холмом играла радиола. В ясном небе пролетали галки. Под горой над болотом стелился туман. На зеленой траве серыми комьями лежали овцы.

Я шел через поле к турбазе. На мокрых от росы ботинках желтел песок. Из рощи тянуло прохладой и дымом.

Под окнами экскурсионного бюро сидели туристы. На скамейке, укрывшись газетой, лежал Митрофанов. Даже во сне было заметно, как он ленив...

Я поднялся на крыльцо. В маленьком холле толпились экскурсоводы. Кто-то со мной поздоровался. Кто-то попросил закурить. Дима Баранов сказал: «Ты чего?..»

Под безобразной, чудовищной, отталкивающей картиной районного художника Щукина (цилиндр, лошадь, гений, дали неоглядные) стояла моя жена и улыбалась...

И сразу моему жалкому благополучию пришел конец. Я понял, что меня ожидает. Вспомнил наш последний разговор...

Мы развелись полтора года назад. Этот современный изящный развод чем-то напоминал перемирие. Перемирие, которое не всегда заканчивается салютом...

Помню, народный судья Чикваидзе обратился к моей бывшей жене:

— Претендуете на какую-то часть имущества?

— Нет, — ответила Татьяна.

И добавила:

— За неимением оного...

Потом мы иногда встречались как добрые знакомые. Но это показалось мне фальшивым, и я уехал в Таллин.

А через год мы снова встретились. Заболела наша дочка, и Таня переехала ко мне. Это была уже не любовь, а судьба...

Мы жили бедно, часто ссорились. Кастрюля, полная взаимного раздражения, тихо булькая, стояла на медленном огне...

Образ непризнанного гения Таня четко увязывала с идеей аскетизма. Я же, мягко выражаясь, был чересчур общителен.

Я говорил:

— Пушкин волочился за женщинами... Достоевский предавался азартным играм... Есенин кутил и дрался в ресторанах... Пороки были свойственны гениальным людям в такой же мере, как и добродетели...

— Значит, ты наполовину гений, — соглашалась моя жена, — ибо пороков у тебя достаточно...

Мы продолжали балансировать на грани разрыва. Говорят, подобные браки наиболее долговечны.

И все-таки с дружбой было покончено. Нельзя говорить: «Привет, моя дорогая!» — женщине, которой шептал бог знает что. Не звучит...

С чем же пришел я к моему тридцатилетию, бурно отмечавшемуся в ресторане «Днепр»? Я вел образ жизни свободного художника. То есть не служил, зарабатывая журналистикой и литобработками генеральских мемуаров. У меня была квартира с окнами, выходящими на помойку. Письменный стол, диван, гантели, радиола «Тонус». (Тонус — неплохая фамилия для завмага.) Пишущая машинка, гитара, изображение Хемингуэя, несколько трубок в керамическом стакане. Лампа, шкаф, два стула эпохи бронтозавров, а также кот Ефим, глубоко уважаемый мною за чуткость. Не в пример моим лучшим друзьям и знакомым, он стремился быть человеком...

Таня жила в соседней комнате. Дочка болела, выздоравливала и снова заболевала.

Мой друг Бернович говорил:

— К тридцати годам у художника должны быть решены все проблемы. За исключением одной — как писать?

Я в ответ заявлял, что главные проблемы — неразрешимы. Например, конфликт отцов и детей. Противоречия между чувством и долгом...

У нас возникала терминологическая путаница.

В конце Бернович неизменно повторял:

— Ты не создан для брака...

И все-таки десять лет мы женаты. Без малого десять лет...

Татьяна взошла над моей жизнью, как утренняя заря. То есть спокойно, красиво, не возбуждая чрезмерных эмоций. Чрезмерным в ней было только равнодушие. Своим безграничным равнодушием она напоминала явление живой природы...

Живописец Лобанов праздновал именины своего хомяка. В мансарду с косым потолком набилось человек двенадцать. Все ждали Целкова, который не пришел. Сидели на полу, хотя стульев было достаточно. К ночи застольная беседа переросла в дискуссию с оттенком мордобоя. Бритоголовый человек в тельняшке, надсаживаясь, орал:

— Еще раз повторяю, цвет — явление идеологическое!..

(Позднее выяснилось, что он совсем не художник, а товаровед из Апраксина двора.)

Эта невинная фраза почему-то взбесила одного из гостей, художника-шрифтиста. Он бросился на товароведа с кулаками. Но тот, как все бритоголовые мужчины, оказался силачом и действовал решительно. Он мгновенно достал изо рта вставной зуб на штифтовом креплении... Быстро завернул его в носовой платок. Сунул в карман. И наконец принял боксерскую стойку.

К этому времени художник остыл.

Он ел фаршированную рыбу, то и дело восклицая:

— Потрясающая рыба! Я хотел бы иметь от нее троих детей...

Таню я заметил сразу. Сразу запомнил ее лицо, одновременно — встревоженное и равнодушное. (С юных лет я не понимал, как это могут уживаться в женщине безразличие и тревога?..)

На бледном лице выделялась помада. Улыбка была детской и немного встревоженной.

Далее — кто-то пел, старательно изображая вора-рецидивиста. Кто-то привел иностранного дипломата, оказавшегося греческим моряком. Поэт Карповский изощренно лгал. Говорил, например, что его выгнали за творческое хулиганство из международного Пен-клуба...

Я взял Татьяну за руку и говорю:

— Пошли отсюда!

(Лучший способ побороть врожденную неуверенность — это держаться как можно увереннее.)

Таня без колебаний согласилась. И не как заговорщица. Скорее, как примерное дитя. Юная барышня, которая охотно слушается взрослых.

Я шагнул к двери, распахнул ее и обмер. Впереди блестела пологая мокрая крыша. На фоне высокого бледного неба чернели антенны.

Оказывается, в мастерской было три двери. Одна вела к лифту. Другая — в недра отопительной системы. И третья — на крышу.

Возвращаться не хотелось. Тем более что, судя по окрепшим голосам, вечеринка приближалась к драке.

Помедлив, я шагнул на громыхающую кровлю. Таня последовала за мной.

— Давно, — говорю, — мне хотелось побыть в такой романтической обстановке.

Под ногами у меня валялся рваный башмак. Печальная серая кошка балансировала на остром гребне.

Я спросил:

— Бывали раньше на крыше?

— Никогда в жизни, — ответила Таня.

Добавив:

— Но я всегда ужасно завидовала Терешковой...

— Там, — говорю, — Казанский собор... За ним — Адмиралтейство... А это — Пушкинский театр...

Мы подошли к ограде. Далеко под нами шумел вечерний город. Улица сверху казалась безликой. Ее чуть оживляли наполненные светом трамваи.

— Надо, — говорю, — выбираться отсюда.

— По-вашему, драка уже кончилась?

— Не думаю... Как вы сюда попали? Ну, в эту компанию?

— Через бывшего мужа.

— Он что, художник?

— Не совсем... Подлецом оказался. А вы?

— Что — я?

— Как вы сюда попали?

— Меня заманил Лобанов. Я у него картину приобрел из снобизма. Что-то белое... с ушками... Вроде кальмара... Называется «Вектор тишины»... Среди них есть талантливые живописцы?

— Да. Например, Целков.

— Это который? В джинсах?

— Целков — это который не пришел.

— Ясно, — говорю.

— Один повесился недавно. Его звали — Рыба. Прозвище такое... Так он взял и повесился.

— О господи! Из-за чего? Несчастная любовь?

— Рыбе было за тридцать. Его картины не продавались.

— Хорошие картины?

— Не очень. Сейчас он работает корректором.

— Кто?! — вскричал я.

— Рыба. Его удалось спасти. Сосед явился к нему за папиросами...

— Надо, — говорю, — выбираться.

Мелко ступая, я приблизился к чердачному окошку. Распахнул его. Протянул девушке руку:

— Осторожно!

Таня легко скользнула в оконный проем. Я последовал за ней. На чердаке было темно и пыльно. Мы перешагивали через обернутые войлоком трубы. Нагибались под бельевыми веревками. Достигнув черной лестницы, спустились вниз. Затем проходными дворами вышли к стоянке такси.

Шел дождь, и я подумал: вот она, петербургская литературная традиция. Вся эта хваленая «школа» есть сплошное описание дурной погоды. Весь «матовый блеск ее стиля» — асфальт после дождя...

Затем я спросил:

— Как там ваши папа с мамой? Волнуются, наверное?

Уже лет пятнадцать я неизменно задаю симпатичным девушкам этот глупый вопрос. Три из пяти отвечают:

«Я живу одна. Так что волноваться некому...»

Этого-то я и жду. Старая истина гласит: на территории врага сражаться легче...

— Нет у меня родителей, — печально ответила Таня.

Я смутился.

— Простите, — говорю, — за бестактность...

— Они живут в Ялте, — добавила Таня, — папаша — секретарь райкома...

Тут подошла машина.

— Куда ехать? — не оборачиваясь, спросил шофер.

— Дзержинского, восемь.

Водитель недовольно шевельнул плечами:

— Пешком могли дойти.

— Рассчитаемся, — говорю...

Водитель повернулся и отчеканил:

— Благодарствуйте, сударь! Век не забудем такой доброты...

Мы подъехали к Таниному дому. Кирпичный фасад его на метр выдавался из общей шеренги. Четыре широких викторианских окна были соединены перилами.

Водитель развернулся и уехал, сказав:

— Ауф видер зеен...

Пологие ступени вели к тяжелой, обитой брезентом двери...

Тысячу раз я бывал в подобных ситуациях. И тем не менее волновался. Сейчас она поднимется на крыльцо, и я услышу:

«Спасибо, что проводили...»

После этого надо уходить. Топтаться в подъезде — неприлично. Спрашивать: «Не угостите ли чашечкой кофе?» — позор!..

Мой друг Бернович говорил:

«Хорошо идти, когда зовут. Ужасно — когда не зовут. Однако лучше всего, когда зовут, а ты не идешь...»

Таня приоткрыла дверь:

— Спасибо за крышу!

— Знаете, — говорю, — о чем я жалею? Выпивки много осталось... Там, в мастерской...

Одновременно я как будто невзначай шагнул через порог.

— У меня есть вино, — сказала Таня, — я его от брата прячу. Он заходит с бутылкой, а я половину — в шкаф. У него печень больная...

— Вы, — говорю, — меня заинтриговали.

— Я вас понимаю, — сказала Татьяна, — у меня дядя — хронический алкоголик...

Мы сели в лифт. На каждом этаже мигала лампочка. Таня разглядывала свои босоножки. Между прочим, дорогие босоножки с фирменным знаком «Роша»...

За ее спиной я видел написанное мелом ругательство. Хула без адреса. Феномен чистого искусства...

Затем мы тихо, чуть ли не украдкой шли по коридору. Я с шуршанием задевал рукавами обои.

— Какой вы огромный, — шепнула Таня.

— А вы, — говорю, — наблюдательная...

Затем мы оказались в неожиданно просторной комнате. Я увидел гипсовую Нефертити, заграничный календарь с девицей в розовом бюстгальтере, плакат трансатлантической аэролинии. На письменном столе алели клубки вязальной шерсти...

Таня достала бутылку кагора, яблоко, халву, покоробившийся влажный сыр. Я спросил:

— Где вы работаете?

— В канцелярии ЛИТМО. А вы?

— Я, — говорю, — репортер.

— Журналист?

— Нет, именно репортер. Журналистика — это стиль, идеи, проблемы... А репортер передает факты. Главное для репортера — не солгать. В этом состоит пафос его работы. Максимум стиля для репортера — немота. В ней минимальное количество лжи...

Разговор становился многозначительным.

Я вообще не любил говорить о своих литературных делах. В этом смысле я, что называется, хранил целомудрие. Чуть принижая свою работу, я достигал обратной цели. Так мне казалось...

Кагор был выпит, яблоко разрезано на дольки. Наступила пауза, в такой ситуации — разрушительная...

Как ни странно, я ощущал что-то вроде любви.

Казалось бы — откуда?! Из какого сора?! Из каких глубин убогой, хамской жизни?! На какой истощенной, скудной почве вырастают эти тропические цветы?! Под лучами какого солнца?!.

Какие-то захламленные мастерские, вульгарно одетые барышни... Гитара, водка, жалкое фрондерство... И вдруг — о господи! — любовь...

До чего же Он по-хорошему неразборчив, этот царь вселенной!..

Далее Таня чуть слышно выговорила:

— Давайте беседовать, просто беседовать...

За три минуты до этого я незаметно снял ботинки.

— Теоретически, — говорю, — это возможно. Практически — нет...

А сам беззвучно проклинаю испорченную молнию на джемпере...

Тысячу раз буду падать в эту яму. И тысячу раз буду умирать от страха.

Единственное утешение в том, что этот страх короче папиросы. Окурок еще дымится, а ты уже герой...

Потом было тесно, и были слова, которые утром мучительно вспоминать. А главное, было утро как таковое, с выплывающими из мрака очертаниями предметов. Утро без разочарования, которого я ждал и опасался.

Помню, я даже сказал:

— И утро тебе к лицу...

Так явно она похорошела без косметики.

С этого все и началось. И продолжается десять лет. Без малого десять лет...

Я стал изредка бывать у Тани. Неделю работал с утра до вечера. Потом навещал кого-то из друзей. Сидел в компании, беседовал о Набокове, о Джойсе, о хоккее, о черных терьерах...

Бывало, что я напивался и тогда звонил ей.

— Это мистика! — кричал я в трубку. — Самая настоящая мистика... Стоит мне позвонить, и ты каждый раз говоришь, что уже два часа ночи...

Затем я, пошатываясь, брел к ее дому. Он заметно выступал из ряда, словно делая шаг мне навстречу.

Таня удивляла меня своим безмолвным послушанием. Я не понимал, чего в нем больше — равнодушия, смирения, гордыни?

Она не спрашивала:

«Когда ты придешь?»

Или:

«Почему ты не звонил?»

Она поражала меня неизменной готовностью к любви, беседе, развлечениям. А также — полным отсутствием какой-либо инициативы в этом смысле...

Она была молчаливой и спокойной. Молчаливой без напряжения и спокойной без угрозы. Это было молчаливое спокойствие океана, равнодушно внимающего крику чаек...

Как все легкомысленные мужчины, я был не очень злым человеком. Я начинал каяться или шутить. Я говорил:

— Женихи бывают стационарные и амбулаторные. Я, например, — амбулаторный...

И дальше:

— Что ты во мне нашла?! Встретить бы тебе хорошего человека! Какого-нибудь военнослужащего...

— Стимул отсутствует, — говорила Таня, — хорошего человека любить неинтересно...

В поразительную эпоху мы живем. «Хороший человек» для нас звучит как оскорбление. «Зато он человек хороший» — говорят про жениха, который выглядит явным ничтожеством...

Прошел год. Я бывал у Тани все чаще. Соседи вежливо меня приветствовали и звали к телефону.

У меня появились здесь личные вещи. Зубная щетка в керамическом стакане, пепельница и домашние туфли. Как-то раз я водворил над столом фотографию американского писателя Беллоу.

— Белов? — переспросила Таня. — Из «Нового мира»?

— Он самый, — говорю...

Ну хорошо, думал я, возьму и женюсь. Женюсь из чувства долга. Допустим, все будет хорошо. Причем для нас обоих.

По сути дела, мы уже женаты, и все идет нормально.

Союз, лишенный обязательств. В чем и состоит залог его долговечности...

Но где же любовь? Где ревность и бессонница? Где половодье чувств? Где неотправленные письма с расплывшимися чернилами? Где обморок при виде крошечной ступни? Где купидоны, амуры и прочие статисты этого захватывающего шоу? Где, наконец, букет цветов за рубль тридцать?!.

Собственно говоря, я даже не знаю, что такое любовь. Критерии отсутствуют полностью. Несчастная любовь — это я еще понимаю. А если все нормально? По-моему, это настораживает. Есть в ощущении нормы какой-то подвох. И все-таки еще страшнее — хаос...

Допустим, мы зарегистрируемся. Но это будет аморально. Поскольку мораль давления не терпит...

Мораль должна органически вытекать из нашей природы. Как это у Шекспира:

«Природа, ты — моя богиня!»

Впрочем, кто это говорит? Эдмонд! Негодяй, каких мало...

Так что все невероятно запутывается.

Тем не менее — вопрос. Кто решится упрекнуть в аморализме ястреба или волка? Кто назовет аморальным — болото, вьюгу или жар пустыни?..

Насильственная мораль — это вызов силам природы. Короче, если я женюсь из чувства долга, это будет аморально...

Однажды Таня позвонила мне сама. По собственной инициативе. С учетом ее характера это была почти диверсия.

— Ты свободен?

— К сожалению, нет, — говорю, — у меня телетайп...

Года три уже я встречаю отказом любое неожиданное предложение. Загадочное слово «телетайп» должно было прозвучать убедительно.

— Брат приехал. Кузен. Я давно хотела вас познакомить.

— Хорошо, — говорю, — приду.

Отчего бы и не познакомиться с выпивающим человеком?!.

Вечером поехал к Тане. Выпил для храбрости. Потом добавил. В семь звонил у ее дверей. И через минуту, после неловкой толчеи в коридоре, увидел брата.

Он расположился, как садятся милиционеры, агитаторы и ночные гости. То есть боком к обеденному столу.

Братец выглядел сильно.

Над утесами плеч возвышалось бурое кирпичное лицо. Купол его был увенчан жесткой и запыленной грядкой прошлогодней травы. Лепные своды ушей терялись в полумраке. Форпосту широкого прочного лба не хватало бойниц. Оврагом темнели разомкнутые губы. Мерцающие болотца глаз, подернутые ледяною кромкой, — вопрошали. Бездонный рот, как щель в скале, таил угрозу.

Братец поднялся и крейсером выдвинул левую руку. Я чуть не застонал, когда железные тиски сжали мою ладонь.

Затем братец рухнул на скрипнувший стул. Шевельнулись гранитные жернова. Короткое сокрушительное землетрясение на миг превратило лицо человека в руины. Среди которых расцвел, чтобы тотчас завянуть, — бледно-алый цветок его улыбки.

Кузен со значением представился:

— Эрих-Мария.

— Борис, — ответил я, вяло просияв.

— Вот и познакомились, — сказала Таня.

И ушла хлопотать на кухню.

Я молчал, как будто придавленный тяжелой ношей. Затем ощутил на себе взгляд, холодный и твердый, как дуло.

Железная рука опустилась на мое плечо. Пиджачок мой сразу же стал тесен.

Помню, я выкрикнул что-то нелепое. Что-то до ужаса интеллигентное:

— Вы забываетесь, маэстро!

— Молчать! — произнес угрожающе тот, кто сидел напротив.

И дальше:

— Ты почему не женишься, мерзавец?! Чего виляешь, мразь?!

«Если это моя совесть, — быстро подумал я, — то она весьма и весьма неприглядна...»

Я начал терять ощущение реальности. Контуры действительности безнадежно расплывались. Брат-пейзаж заинтересованно тянулся к вину.

Я услышал под окнами дребезжание трамвая. Шевельнув локтями, поправил на себе одежду.

Затем сказал как можно более внушительно:

— Але, кузен, пожалуйста, без рук! Я давно собираюсь конструктивно обсудить тему брака. У меня шампанское в портфеле. Одну минуточку...

И я решительно опустил бутылку на гладкий полированный стол...

Так мы и поженились.

Брата, как позднее выяснилось, звали Эдик Малинин. Работал Эдик тренером по самбо в обществе глухонемых.

А тогда я, очевидно, выпил много лишнего. Еще до приезда к Татьяне. Ну и вообразил бог знает что...

Официально мы зарегистрировались в июне. Перед тем как отправиться на Рижское взморье. Иначе мы не смогли бы прописаться в гостинице...

Шли годы. Меня не печатали. Я все больше пил. И находил для этого все больше оправданий.

Иногда мы подолгу жили на одну лишь Танину зарплату.

В нашем браке соединялись черты размаха и убожества. У нас было два изолированных жилища. На расстоянии пяти трамвайных остановок. У Тани — метров двадцать пять. И у меня две тесных комнатушки — шесть и восемь. Пышно выражаясь — кабинет и спальня.

Года через три мы обменяли все это на приличную двухкомнатную квартиру.

Таня была загадочной женщиной. Я так мало знал о ней, что постоянно удивлялся. Любой факт ее жизни производил на меня впечатление сенсации.

Однажды меня удивило ее неожиданно резкое политическое высказывание. До этого я понятия не имел о ее взглядах. Помню, увидев в кинохронике товарища Гришина, моя жена сказала:

— Его можно судить за одно лишь выражение лица...

Так между нами установилось частичное диссидентское взаимопонимание.

И все же мы часто ссорились. Я становился все более раздражительным. Я был — одновременно — непризнанным гением и страшным халтурщиком. В моем столе хранились импрессионистские новеллы. За деньги же я сочинял литературные композиции на тему армии и флота.

Я знал, что Тане это неприятно.

Бернович назойливо повторял:

— К тридцати годам необходимо разрешить все проблемы, за исключением творческих..

Мне это не удавалось. Мои долги легко перешли ту черту, за которой начинается равнодушие. Литературные чиновники давно уже занесли меня в какой-то гнусный список. Полностью реализоваться в семейных отношениях я не хотел и не мог.

Моя жена все чаще заговаривала об эмиграции. Я окончательно запутался и уехал в Пушкинские Горы...

Формально я был холост, здоров, оставался членом Союза журналистов. Принадлежал к симпатичному национальному меньшинству. Моих литературных способностей не отрицали даже Гранин и Рытхэу.

Формально я был полноценной творческой личностью.

Фактически же пребывал на грани душевного расстройства...

И вот она приехала, так неожиданно, я даже растерялся. Стоит и улыбается, как будто все хорошо.

Я слышу:

— Ты загорел...

И потом, если не ошибаюсь:

— Дорогой мой...

Спрашиваю:

— Как Маша?

— Недавно щеку поцарапала, такая своевольная... Я привезла консервы...

— Ты надолго?

— Мне в понедельник на работу.

— Ты можешь заболеть.

— Чем же я заболею? — удивилась Таня.

И добавила:

— Между прочим, я и так нездорова...

Вот это логика, думаю...

— Да и неудобно, — говорит Татьяна, — Сима в отпуске. Рощин в Израиль собирается. Ты знаешь, Рощин оказался Штакельбергом. И зовут его теперь не Дима, а Мордхе. Честное слово...

— Я верю.

— Сурисы пишут, что у Левы хорошая работа в Бостоне...

— Давай я отпрошусь?

— Зачем? Мне хочется послушать. Мне хочется видеть тебя на работе.

— Это не работа. Это халтура... А ведь я двадцать лет пишу рассказы, которые тебя совершенно не интересуют...

— Раньше ты говорил — пятнадцать. А теперь уже — двадцать. Хотя прошло меньше года...

Поразительная у нее способность — выводить меня из равновесия. Но ссориться было глупо. Ссорятся люди от полноты жизни...

— Мы, — говорю, — тут вроде затейников. Помогаем трудящимся культурно отдыхать.

— Вот и хорошо. Коллеги у тебя приличные?

— Разные. Тут местная одна работает — Лариса. Каждый день рыдает у могилы Пушкина. Увидит могилу и — в слезы...

— Притворяется?

— Не думаю... Однажды туристы ей кухонный набор подарили за сорок шесть рублей.

— Я бы не отказалась...

Тут Галина назвала мою фамилию. Прибыли туристы из Липецка.

Я сказал Татьяне:

— Вещи можешь оставить здесь.

— У меня только сумка.

— Вот и оставь...

Мы направились к синему, забрызганному грязью автобусу. Я поздоровался с водителем и усадил жену. Затем обратился к туристам:

— Доброе утро! Администрация, хранители и служащие заповедника приветствуют наших гостей. Сопровождать вас доверили мне. Меня зовут... Нам предстоит...

И так далее.

Потом объяснил шоферу, как ехать в Михайловское. Автобус тронулся. На поворотах доносились звуки радиолы:

> Дари огонь, как Прометей,
> дари огонь без выбора,
> и для людей ты не жалей
> огня души своей...

Когда мы огибали декоративный валун на развилке, я зло сказал:

— Не обращайте внимания. Это так, для красоты...

И чуть потише — жене:

— Дурацкие затеи товарища Гейченко. Хочет создать грандиозный парк культуры и отдыха. Цепь на дерево повесил из соображений колорита. Говорят, ее украли тартуские студенты. И утопили в озере. Молодцы, структуралисты!..

Я вел экскурсию, то и дело поглядывая на жену. Ее лицо, такое внимательное и даже немного растерянное, вновь поразило меня. Бледные губы, тень от ресниц и скорбный взгляд...

Теперь я обращался к ней. Рассказывал ей о маленьком гениальном человеке, в котором так легко уживались Бог и дьявол. Который высоко парил, но стал жертвой обыкновенного земного чувства. Который создавал шедевры, а погиб героем второстепенной беллетристики. Дав Булгарину законный повод написать:

«Великий был человек, а пропал, как заяц...»

Мы шли по берегу озера. У подножия холма темнел очередной валун. Его украшала славянская каллиграфия очередной цитаты. Туристы окружили камень и начали жадно его фотографировать.

Я закурил. Таня подошла ко мне.

День был солнечный, ветреный, нежаркий. Нас догоняла растянувшаяся вдоль берега группа. Надо было спешить.

Ко мне подошел толстяк с блокнотом:

— Виноват, как звали сыновей Пушкина?

— Александр и Григорий.

— Старший был...

— Александр, — говорю.

— А по отчеству?

— Александрович, естественно.

— А младший?

— Что — младший?

— Как отчество младшего?

Я беспомощно взглянул на Таню. Моя жена не улыбалась, печальная и сосредоточенная.

— Ах да, — спохватился турист.

Надо было спешить.

— Пойдемте, товарищи, — бодро выкрикнул я, — шагом марш до следующей цитаты!..

В Тригорском экскурсия шла легко и даже с подъемом. Чему, повторяю, в значительной мере способствовали характер и логика экспозиции.

Правда, меня смутило требование одной дамы. Ей захотелось услышать романс «Я помню чудное мгновенье». Я ответил, что совершенно не умею петь. Дама настаивала. Выручил меня толстяк с блокнотом. Давайте, говорит, я спою...

— Только не здесь, — попросил я, — в автобусе.

(На обратном пути толстяк действительно запел. У этого болвана оказался замечательный тенор...)

Я заметил, что Таня устала. Решил игнорировать Тригорский парк. Мне и раньше случалось это делать. Я обращался к туристам: «Кто из присутствующих уже бывал в заповеднике?»

Как правило, таковых не оказывалось. Значит, я могу нарушить программу без риска...

Мои туристы бегом спустились под гору. Каждый торопился сесть в автобус первым, хотя мест было достаточно и они были заранее распределены. Пока мы осматривали Тригорское, наши шоферы успели выкупаться. Волосы у них были мокрые.

— Поехали в монастырь, — говорю, — от стоянки налево...

Молодой водитель кивнул и спрашивает:

— Долго там пробудете?

— Полчаса, не больше.

В монастыре я познакомил Таню с хранителем Логиновым. Поговаривали, что Николай Владимирович религиозен и даже соблюдает обряды. Мне хотелось побеседовать с ним о вере, и я ждал удобного случая. Он казался веселым и спокойным, а мне этого так не хватало...

Я закончил экскурсию в южном приделе у рисунка Бруни. У могилы финал выглядел бы эффектнее, но я предпочел отпустить группу. Моя жена постояла у ограды и скоро вернулась.

— Все это нелепо и грустно, — сказала она.

Я не спросил, что имеется в виду. Я устал. Вернее, чувствовал себя очень напряженно. Я знал, что она не случайно приехала.

— Давай, — говорю, — поужинаем в «Лукоморье»?

— Я бы даже выпила немного, — сказала Таня...

В зале было пустынно и душно. Два огромных вентилятора бездействовали. Стены были украшены деревянными рельефами. Немногочисленные посетители составляли две группы. Заезжая аристократия в джинсах и местная публика куда более серого вида. Приезжие обедали. Местные пили.

Мы сели у окна.

— Я забыл спросить, как ты добралась? Вернее, не успел.

— Очень просто, ночным автобусом.

— Могла приехать с кем-нибудь из экскурсоводов, бесплатно.

— Я их не знаю.

— Я тоже. В следующий раз договоримся заранее.

— В следующий раз приедешь ты. Все-таки это довольно утомительно.

— Жалеешь, что приехала?

— Ну что ты! Здесь чудесно...

Подошла официантка с крошечным блокнотиком.

Я знал эту девицу. Экскурсоводы прозвали ее Бисмарком.

— Ну чего? — произнесла она.

И замолчала, совершенно обессилев.

— Нельзя ли, — говорю, — чуть повежливее? В порядке исключения. Ко мне жена приехала.

— А что я такого сказала?

— Перестань, умоляю тебя, перестань...

Потом Татьяна заказывала блинчики, вино, конфеты...

— Давай все обсудим. Давай поговорим спокойно.

— Я не поеду. Пусть они уезжают.

— Кто — они? — спросила Таня.

— Те, кто мне жизнь отравляет. Вот пусть они и едут...

— Тебя посадят.

— Пусть сажают. Если литература — занятие предосудительное, наше место в тюрьме... И вообще, за литературу уже не сажают.

— Хейфец даже не опубликовал свою работу, а его взяли и посадили.

— Потому и взяли, что не опубликовал. Надо было печататься в «Гранях». Или в «Континенте». Теперь вступиться некому. А так на Западе могли бы шум поднять...

— Ты уверен?

— В чем?

— В том, что Миша Хейфец интересует западную общественность?

— Почему бы и нет? О Буковском писали. О Кузнецове писали...

— Это все политическая игра. А надо думать о реальной жизни.

— Еще раз говорю, не поеду.

— Объясни, почему?

— Тут нечего объяснять... Мой язык, мой народ, моя безумная страна... Представь себе, я люблю даже милиционеров.

— Любовь — это свобода. Пока открыты двери — все нормально. Но если двери заперты снаружи — это тюрьма...

— Но ведь сейчас отпускают.

— И я хочу этим воспользоваться. Мне надоело. Надоело стоять в очередях за всякой дрянью. Надоело ходить в рваных чулках. Надоело радоваться говяжьим сарделькам... Что тебя удерживает? Эрмитаж, Нева, березы?

— Березы меня совершенно не волнуют.

— Так что же?

— Язык. На чужом языке мы теряем восемьдесят процентов своей личности. Мы утрачиваем способность шутить, иронизировать. Одно это меня в ужас приводит.

— А мне вот не до шуток. Подумай о Маше. Представь себе, что ее ожидает.

— Ты все ужасно преувеличиваешь. Миллионы людей живут, работают и абсолютно счастливы.

— Миллионы пускай остаются. Я говорю о тебе. Все равно тебя не печатают.

— Но здесь мои читатели. А там... Кому нужны мои рассказы в городе Чикаго?

— А здесь кому они нужны? Официантке из «Лукоморья», которая даже меню не читает?

— Всем. Просто сейчас люди об этом не догадываются.

— Так будет всегда.

— Ошибаешься.

— Пойми, через десять лет я буду старухой. Мне все заранее известно. Каждый прожитый день — ступенька в будущее. И все ступеньки одинаковые. Серые, вытоптанные и крутые... Я хочу прожить еще одну жизнь, мечтаю о какой-то неожиданности. Пусть это будет драма, трагедия... Это будет неожиданная драма...

В который раз мы говорили на эту тему. Я спорил, приводил какие-то доводы. Выдвигал какие-то нравственные, духовные, психологические аргументы. Пытался что-то доказать.

Но при этом я знал, что все мои соображения — лживы. Дело было не в этом. Просто я не мог решиться. Меня пугал такой серьезный и необратимый шаг. Ведь это как родиться заново. Да еще по собственной воле. Большинство людей и жениться-то как следует не могут...

Всю жизнь я ненавидел активные действия любого рода. Слово «активист» для меня звучит как оскорбление. Я жил как бы в страдательном залоге. Пассивно следовал за обстоятельствами. Это помогало мне для всего находить оправдания.

Любой решительный шаг налагает ответственность. Так пускай отвечают другие. Бездеятельность — единственное нравственное состояние... В идеале я хотел бы стать рыболовом. Просидеть всю жизнь на берегу реки. И желательно без всяких трофеев...

Я не верил, что Таня способна уехать без меня. Америка, как я полагал, была для нее синонимом развода. Развода, который формально уже состоялся. И который потерял силу наподобие выдохшегося денатурата.

Раньше женщины говорили: «Вот найду себе красивого богача, тогда узнаешь». Теперь говорят: «Уеду в Америку»...

Америка была для меня фикцией. Чем-то вроде миража. Полузабытым кинофильмом с участием тигра Акбара и Чаплина...

— Таня, — говорю, — я человек легкомысленный. Любая авантюра меня устраивает. Если бы там (я отогнул занавеску) стояла «Каравелла» или «Боинг»... Сел бы и поехал. Чтобы только взглянуть на этот самый Бродвей. Но ходить по инстанциям. Объясняться, доказывать. Историческая родина... Зов предков... Тетя Фаня Цыперович...

Нам принесли еду и выпивку.

— Тогда пожелай нам удачи... Смотри, в меню «котлеты» через «а»...

— Не понял?

— Я ведь заехала проститься. Если ты не согласен, мы уезжаем одни. Это решено.

— А Маша?

— Что Маша? Ради нее все это и делается. Ты дашь справку...

— Какую справку? Подожди, давай выпьем...

— Что у тебя нет материальных претензий. У тебя есть к нам материальные претензии?

— Чепуха какая-то...

— Значит, дашь справку?

— А если нет?

— Тогда Машу не выпустят.

— И ты поедешь одна?

— Не знаю... Нет... Я думаю, ты этого не сделаешь. Ты, в принципе, не злой.

— При чем тут доброта? Речь идет о живом человеке. А если дочка вырастет и скажет... Как ты можешь решать за нее?

— Кому же решать-то? Тебе? Ты свою жизнь исковеркал, мою жизнь исковеркал...

— Все не так уж безнадежно.

— Советую тебе подумать.

— Мне нечего думать... Какие-то идиотские справки... Для чего ты все это затеяла? Я же не пью, работаю... Жизнь наладится, вот увидишь.

— Сам же говорил: «Кто начал пить, тот будет пить!»

— Это не я. Это какой-то англичанин... Будь он проклят!

— Не важно... С тобой здороваются.

Я оглянулся. В дверях стояли Митрофанов и Потоцкий. Я обрадовался тому, что можно прекратить этот разговор. Мне бы, думаю, только уложить ее в постель...

— Знакомьтесь, — говорю, — присаживайтесь.

Стасик церемонно поклонился:

— Беллетрист Потоцкий. Член эс эс писателей.

Митрофанов безмолвно кивнул.

— Садитесь.

— Я уже сидел, — юмористически высказался Потоцкий.

Митрофанов безмолвствовал.

Я понял, что они без денег, и сказал:

— Жена приехала. Так что угощаю.

И отправился в буфет за пивом. Когда я вернулся, Потоцкий что-то оживленно говорил моей жене. Я понял, речь идет о его таланте и бесчинствах цензуры. Что не помешало ему отвлечься:

— Пиво? Боюсь, не оросит...

Пришлось мне идти за водкой. К этому времени официантка принесла бутерброды и салат.

Потоцкий страшно оживился.

— Мне — полную, — сказал он и добавил: — Люблю полненьких.

Володя по-прежнему молчал. Стасик заметил мой удивленный взгляд. Объяснил, показывая на Митрофанова:

— Ему, понимаешь, оса залетела в рот.

— Господи, — сказала моя жена, — она и сейчас там?

— Да нет. Он, понимаешь, заканчивал экскурсию в монастыре. И тут ему в рот залетела оса. Вовка, извиняюсь, харкнул, но она успела его долбануть. Теперь говорить не может — больно.

— И глотать больно? — спросила Таня.

Володя энергично замотал головой.

— Глотать не больно, — объяснил Потоцкий.

Я налил им водки. Мою жену явно тяготила эта компания.

— Как вам нравится заповедник? — спросил Потоцкий.

— Есть чудные места. Вид на Савкину Горку, аллея Керн...

Митрофанов вдруг напрягся.

— Ы-ы-а, — проговорил он.

— Что? — спросила моя жена.

— Ы-ы-а, — повторил Митрофанов.

— Он говорит — «фикция», — разъяснил Потоцкий. — Он хочет сказать, что аллея Керн — это выдумка Гейченко. То есть аллея, конечно, имеется. Обыкновенная липовая аллея. А Керн тут ни при чем. Может, она и близко к этой аллее не подходила.

— А мне нравится думать, что именно там Пушкин объяснился с этой женщиной.

— Она была куртизанкой, — сурово уточнил Потоцкий.

— Фо-фо ху-ха, — добавил Митрофанов.

— Володя хочет сказать — «просто шлюха». И, грубо выражаясь, он прав. Анна Петровна имела десятки любовников. Один товарищ Глинка чего стоит... А Никитенко? И вообще, путаться с цензором — это уже чересчур!

— Цензура была другая, — сказала моя жена.

— Любая цензура — преступление, — ухватился Стасик за близкую ему тему.

Он снова выпил и еще более разгорячился.

— Вся моя жизнь — это борьба с цензурой, — говорил он, — любая цензура — издевательство над художником... Цензура вызывает у меня алкогольный протест!.. Давайте выпьем за отмену цензуры!

Стасик еще раз выпил и таинственно понизил голос:

— Антр ну! Между нами! Давно вынашиваю планы эмиграции. Имею ровно одну тридцать вторую часть еврейской крови. Мечу на должность советника президента. Храню утраченный секрет изготовления тульских пряников...

— А-а-а, — сказал Митрофанов.

— Что значит — «нажрался»? — возразил Потоцкий. — Да, я выпил. Да, я несколько раскрепощен. Взволнован обществом прекрасной дамы. Но идейно я трезв...

Воцарилась тягостная пауза. Затем кто-то опустил пятак в щель агрегата «Меломан». Раздались надрывные вопли Анатолия Королева:

...Мне город протянул
ладони площадей,
желтеет над бульварами листва...
Как много я хотел сказать тебе,
но кто подскажет лучшие слова?!.

— Нам пора, — говорю, — заказать еще водки?

Стасик потупился. Митрофанов энергично кивнул.

Я заказал, расплатился, мы встали.

Потоцкий тоже вскочил и щелкнул стоптанными каблуками:

— Как говорили мои предки-шляхтичи — до видзення!

Митрофанов грустно улыбнулся...

Короткая дорога вела через лес. Из-за деревьев тянуло сыростью и прохладой. Нас обгоняли бесчисленные велосипедисты. Тропинка была пересечена корнями сосен. Резко звякали обода.

Таня говорила:

— Пусть мое решение — авантюра или даже безумие. Я больше не могу...

Ее отчаяние пугало меня. Но что я мог сказать?

— Помнишь, как я нес тебя из гостей? Нес, нес и уронил... Когда-то все было хорошо. И будет хорошо.

— Мы были совершенно другими людьми. Я старею.

— Ничего подобного...

Таня замолчала. Я, как обычно, пустился в рассуждения:

— Единственная честная дорога — это путь ошибок, разочарований и надежд. Жизнь — есть выявление собственным опытом границ добра и зла... Других путей не существует... Я к чему-то пришел... Думаю, что еще не поздно...

— Это слова.

— Слова — моя профессия.

— И это — слова. Все уже решено. Поедем с нами. Ты проживешь еще одну жизнь...

— Для писателя это — смерть.

— Там много русских.

— Это пораженцы. Скопище несчастных пораженцев. Даже Набоков — ущербный талант. Что же говорить о каком-нибудь Зурове!

— Кто это — Зуров?

— Был такой...

— О чем мы говорим?! Все уже решено. В четверг я подаю документы.

Я машинально подсчитал, сколько осталось до четверга.

И вдруг почувствовал такую острую боль, такую невыразимую словами горечь, что даже растерялся. Я сказал:

— Таня, прости меня и не уезжай.

— Поздно, — говорит, — милый...

Я обогнал ее, ушел вперед и заплакал. Вернее, не заплакал, а перестал сдерживаться. Иду, повторяю: «Господи! Господи! За что мне такое наказание?!» И сам же думаю: «Как за что? Да за все. За всю твою грязную, ленивую, беспечную жизнь...»

Позади шла моя жена, далекая, решительная и храбрая. И не такая уж глупая, как выяснилось...

Мы поднялись на вершину холма. Я указал ей дом, в котором живу. Из трубы вертикально поднимался дымок. Значит, хозяин на месте.

Мы шли деревенской улицей, и все приветливо здоровались с нами. Я давно заметил, что вместе мы симпатичны окружающим. Когда я один, все совсем по-другому.

А тут Надежда Федоровна сказала:

— Утром за молоком приходите...

Таню забавляли петухи, лохматые дворовые собачонки, а когда мы увидели индюка, восторгу ее не было границ:

— Какой апломб! Какое самомнение!.. При довольно гнусной внешности. Петухи и гуси тоже важничают, но этот... Боже, как похож на Изаксона!..

Увидев нас, Михал Иваныч страшно оживился. Страдальчески морщась, он застегнул рубаху на бурой шее. Да так, что загнулись мятые углы воротничка. Потом зачем-то надел фуражку.

— С Борькой живем хорошо, — говорил он, — и насчет поведения, и вообще... В смысле — ни белого, ни красного, ни пива... Не говоря уж про одеколон... Он все книжки читает. Читает, читает, а дураком помрет, — неожиданно закончил Михал Иваныч.

Я решил каким-то образом его нейтрализовать. Отозвал в прихожую:

— Миша, тебе деньги нужны?

— Кого? Это... Давай...

Я сунул ему трешку.

— «Витязь» до одиннадцати, — сказал Михал Иваныч, — успею. А то кобылу у Лехи возьму... Эх, где же вы раньше-то были? В микрорайоне

«Яблочное» по рупь четырнадцать... Ну, я пошел. Сало там берите, лук, — уже на пороге выкрикнул он.

Мы остались вдвоем. Таня с испугом оглядела помещение:

— Ты уверен, что это жилая комната?

— Было время — сомневался. Я здесь порядок навел. Посмотрела бы, что раньше творилось.

— Крыша дырявая.

— В хорошую погоду это незаметно. А дождей вроде бы не предвидится.

— И щели в полу.

— Сейчас еще ничего. А раньше через эти щели ко мне заходили бездомные собаки.

— Щели так и не заделаны.

— Зато я приручил собак...

Таня коснулась рукой одеяла:

— Боже, чем ты укрываешься!

— Сейчас, — говорю, — тепло. Можно совсем не укрываться. Тебе по крайней мере.

— Это комплимент?

— Что-то вроде.

— А ты похудел.

— Хожу много.

— Тебе идет.

— Кроме того, у меня довольно большие глаза...

— Ужасно глупый разговор, — сказала Таня.

— Вот и прекрасно. Хотелось бы достигнуть полного идиотизма. Купить аквариум с рыбками, пальму в деревянной бочке...

— Зачем тебе аквариум?

— А зачем мне пальма?

— Начнем с аквариума.

— Всю жизнь мечтал иметь парочку дрессированных золотых рыбок...

— А пальма?

— Пальму можно рисовать с натуры. Держать ее на балконе.

— Спрашивается, где у нас балкон?

— Так ведь и пальмы еще нет...

— Господи, о чем я спрашиваю? О чем мы вообще говорим?!

— Действительно, о чем нам говорить?! Тем более, когда все решено.

Я посмотрел на окна. Занавесок не было. Любой мог заглянуть к нам с улицы. В деревне с этим просто.

Можно, думаю, шкаф придвинуть. Огляделся — нет шкафа...

— Что нового в Ленинграде? — спрашиваю.

— Я говорила. Одни собираются уезжать, другие их за это презирают.

— Митя не звонил?

— Звонит иногда. У них с Галиной все очень плохо. Там югослав появился... Или венгр, не помню... Зовут — Ахилл...

— Может, древний грек?

— Нет, я помню, что из социалистического лагеря... Короче, Митя бесится. Злющий стал, вроде тебя. Крейна хотел избить...

— А тот?

— А Женя ему и говорит: «Митя, я не боюсь, потому что у тебя есть рога. И следовательно, ты — не хищник...» Их едва растащили.

— Зря...

Мы помолчали.

Я все думал, чем бы окна завесить? Так, чтобы это выглядело легко и непринужденно...

Десять лет мы женаты, а я все еще умираю от страха. Боюсь, что Таня вырвет руку и скажет: «Этого еще не хватало!..»

Тем не менее я успел снять ботинки. Я всегда снимаю ботинки заранее, чтобы потом не отвлекаться... Чтобы не говорить: «Одну минуточку, я только ботинки сниму...» Да и шнурки от волнения не развязываются... Наверное, тысячу шнурков я разорвал в порыве страсти...

— Кроме того, я познакомилась с известным диссидентом Гурьевым. Ты, наверное, слышал, его упоминали западные радиостанции. Фрида нас познакомила. Мы были у него в гостях на Пушкинской. Советовались насчет отъезда. В доме полно икон...

— Значит, еврей.

— Вроде бы да. Но фамилия русская — Гурьев.

— Это-то и подозрительно. Гурьев... Гуревич...

— Что ты имеешь против евреев?

— Ничего. Тем более что этот — русский. Я его знаю с шестьдесят пятого года.

— Значит, ты опять меня разыгрываешь?

— Все потому, что я — шутник.

— Гурьев такой умный. Сказал, что Россия переживает эпоху христианского возрождения. Что это — необратимый процесс. Что среди городского населения — шестьдесят процентов верующих. А в деревне — семьдесят пять.

— Например, Михал Иваныч.

— Я Михал Иваныча не знаю. Он производит хорошее впечатление.

— Неплохое. Только святости в нем маловато...

— Гурьев угощал нас растворимым кофе. Сказал: «Вы очень много кладете... Не жалко, просто вкус меняется...» А когда мы собрались идти, говорит: «Я вас провожу до автобуса. У нас тут пошаливают. Сплошное хулиганье...» А Фрида ему говорит: «Ничего страшного. Всего сорок процентов...» Гурьев обиделся и раздумал нас провожать... Что ты делаешь?! Хоть свет потуши!

— Зачем?

— Так принято.

— Окно можно завесить пиджаком. А лампу я кепкой накрою. Получится ночник.

— Тут негигиенично.

— Как будто ты из Андалузии приехала!

— Не смотри.

— Много я хорошего вижу?

— У меня колготки рваные.

— С глаз их долой!..

— Ну вот, — обиделась Таня, — я же приехала для серьезного разговора.

— Да забудь ты, — говорю, — об этом хоть на полчаса...

В сенях раздались шаги. Вернулся Миша. Бормоча, улегся на кровать.

Я боялся, что он начнет материться. Мои опасения подтвердились.

— Может, радио включить? — сказала Таня.

— Радио нет. Есть электрическое точило...

Миша долго не затихал. В его матерщине звучала философская нота. Например, я расслышал:

«Эх, плывут муды да на глыбкой воды...»

Наконец все стихло. Мы снова были вместе. Таня вдруг расшумелась. Я говорю:

— Ты ужасно кричишь. Как бы Мишу не разбудить.

— Что же я могу поделать?

— Думай о чем-нибудь постороннем. Я всегда думаю о разных неприятностях. О долгах, о болезнях, о том, что меня не печатают.

— А я думаю о тебе. Ты — моя самая большая неприятность.

— Хочешь деревенского сала?

— Нет. Знаешь, чего я хочу?

— Догадываюсь...

Таня снова плакала. Говорила такое, что я все думал — не разбудить бы хозяина. То-то он удивится...

А потом запахло гарью. Моя импортная кепка густо дымилась. Я выключил лампу, но было уже светло. Клеенка на столе блестела.

— В девять тридцать, — сказала моя жена, — идет первый автобус. А следующий — в четыре. Я должна еще Машу забрать...

— Я тебя бесплатно отправлю. В десять уезжает трехдневка «Северная Пальмира».

— Думаешь, это удобно?

— Вполне. У них громадный «Люкс-Икарус». Всегда найдется свободное место.

— Может, надо водителя отблагодарить?

— Это мое дело. У нас свои расчеты... Ладно, я пошел за молоком.

— Штаны надень.

— Это мысль...

Надежда Федоровна уже хлопотала в огороде. Над картофельной ботвой возвышался ее широкий зад. Она спросила:

— Это что же, барышня твоя?

— Жена, — говорю.

— Не похоже. Уж больно симпатичная.

Женщина насмешливо оглядела меня:

— Хорошо мужикам. Чем страшнее, тем у него жена красивше.

— Что же во мне такого страшного?

— На Сталина похож...

Сталина в деревне не любили. Это я давно заметил. Видно, хорошо помнили коллективизацию и другие сталинские фокусы. Вот бы поучиться у безграмотных крестьян нашей творческой интеллигенции. Говорят, в ленинградском Дворце искусств аплодировали, когда Сталин появился на экране.

Я-то всегда его ненавидел. Задолго до реформ Хрущева. Задолго до того, как научился читать. В этом — мамина политическая заслуга. Мать, армянка из Тбилиси, неизменно критиковала Сталина. Правда, в довольно своеобразной форме. Она убежденно твердила:

«Грузин порядочным человеком быть не может!..»

Я вернулся, стараясь не расплескать молоко. Таня встала, умылась, застелила постель. Михал Иваныч, кряхтя, чинил бензопилу. Ощущался запах дыма, травы и прогретого солнцем клевера.

Я разлил молоко, нарезал хлеб, достал зеленый лук и крутые яйца. Таня разглядывала мою загубленную кепку.

— Хочешь, поставлю кожаную заплату?

— Зачем? Уже тепло.

— Я тебе новую пришлю.

— Пришли мне лучше цианистого калия.

— Нет, серьезно, что тебе прислать?

— Откуда я знаю, что в Америке нынче дают?.. Не будем говорить об этом...

Около девяти мы подошли к турбазе. Водитель уже подогнал автобус к развилке. Туристы укладывали сумки и чемоданы в багажник. Некоторые заняли места возле окон. Я подошел к знакомому шоферу:

— Есть свободные места?

— Для тебя — найдутся.

— Хочу жену отправить в Ленинград.

— Сочувствую. Я бы свою на Камчатку отправил. Или на Луну заместо Терешковой...

На водителе была красивая импортная рубашка. Вообще, шоферы экскурсионных автобусов сравнительно интеллигентны. Большинство из них могло бы с успехом заменить экскурсоводов. Только платили бы им значительно меньше...

Вдруг я заметил, что Таня беседует с Марианной Петровной. Я почему-то всегда беспокоюсь, если две женщины остаются наедине. Тем более что одна из них — моя жена.

— Ну все, — говорю шоферу, — условились. Высади ее на Обводном канале.

— Там мелко, — засмеялся водитель...

Я подумал — сесть бы мне тоже и уехать. А вещи привезет кто-нибудь из экскурсоводов. Вот только жить на что? И как?..

Мимо пробегала Галина. Быстро кивнула в сторону моей жены:

— Господи, какая страшненькая!..

Я промолчал. Но мысленно поджег ее обесцвеченные гидропиритом кудри.

Подошел инструктор физкультуры Серега Ефимов.

— Я извиняюсь, — сказал он, — это вам.

И сунул Тане банку черники.

Нужно было прощаться.

— Звони, — сказала Таня.

Я кивнул.

— У тебя есть возможность звонить?

— Конечно. Машу поцелуй. Сколько все это продлится?

— Трудно сказать. Месяц, два... Подумай.

— Я буду звонить.

Шофер поднялся в кабину. Уверенно загудел импортный мотор. Я произнес что-то невнятное.

— И я, — сказала Таня...

Автобус тронулся, быстро свернул за угол. Через минуту алый борт его промелькнул среди деревьев возле Луговки.

Я заглянул в бюро. Моя группа из Киева прибывала в двенадцать. Пришлось вернуться домой.

На столе я увидел Танины шпильки. Две чашки из-под молока, остатки хлеба и яичную скорлупу. Ощущался едва уловимый запах гари и косметики.

Прощаясь, Таня сказала: «И я...» Остальное заглушил шум мотора...

Я заглянул к Михал Иванычу. Его не было. Над грязной постелью мерцало ружье. Увесистая тульская двустволка с красноватым ложем. Снял ружье и думаю — не пора ли мне застрелиться?..

Июнь выдался сухой и ясный, под ногами шуршала трава. На балконах турбазы сушились разноцветные полотенца. Раздавался упругий стук теннисных мячей. У перил широкого крыльца алели велосипеды с блестящими ободами. Из репродуктора над чердачным окошком доносились звуки старинных танго. Мелодия казалась вычерченной пунктиром...

Стук мячей, аромат нагретой зелени, геометрия велосипедов — памятные черты этого безрадостного июня...

Тане я звонил дважды. Оба раза возникало чувство неловкости. Ощущалось, что ее жизнь протекает в новом для меня ритме. Я чувствовал себя глуповато, как болельщик, выскочивший на футбольное поле.

В нашей квартире звучали посторонние голоса. Таня задавала мне неожиданные вопросы. Например:

— Где у нас хранятся счета за электричество?

Или:

— Ты не будешь возражать, если я продам свою золотую цепочку?

Я и не знал, что у моей жены есть какие-то драгоценности...

Таня ходила по инстанциям, оформляла документы. Жаловалась мне на бюрократов и взяточников.

— У меня в сумке, — говорила она, — десять плиток шоколада, четыре билета на Кобзона и три экземпляра Цветаевой...

Таня казалась возбужденной и почти счастливой.

Что я мог сказать ей? В десятый раз просить: «Не уезжай»?

Меня унижала ее поглощенность своими делами. А как же я с моими чуть ли не диссидентскими проблемами?!

Тане было не до меня. Впервые происходило нечто серьезное...

Как-то раз она сама мне позвонила. К счастью, я оказался на турбазе. Точнее, в библиотеке центрального корпуса. Пришлось бежать через весь участок. Выяснилось, что Тане необходима справка. Насчет того, что я отпускаю ребенка. И что не имею материальных претензий.

Таня продиктовала мне несколько казенных фраз. Я запомнил такую формулировку: «...Ребенок в количестве одного...»

— Заверь у местного нотариуса и вышли. Это будет самое простое.

— Я, — говорю, — могу приехать.

— Сейчас не обязательно.

Наступила пауза.

— Но мы успеем попрощаться?

— Конечно. Ты не думай...

Таня почти оправдывалась. Ей было неловко за свое пренебрежение. За это поспешное: «Не обязательно...»

Видно, я стал для нее мучительной проблемой, которую удалось разрешить. То есть пройденным этапом. Со всеми моими пороками и достоинствами. Которые теперь не имели значения...

В тот день я напился. Приобрел бутылку «Московской» и выпил ее один.

Мишу звать не хотелось. Разговоры с Михал Иванычем требовали чересчур больших усилий. Они напоминали мои университетские беседы с профессором Лихачевым. Только с Лихачевым я пытался выглядеть как можно умнее. А с этим наоборот — как можно доступнее и проще.

Например, Михал Иваныч спрашивал:

— Ты знаешь, для чего евреям шишки обрезают? Чтобы калган работал лучше...

И я миролюбиво соглашался:

— Вообще-то, да... Пожалуй, так оно и есть...

Короче, зашел я в лесок около бани. Сел, прислонившись к березе. И выпил бутылку «Московской», не закусывая. Только курил одну сигарету за другой и жевал рябиновые ягоды...

Мир изменился к лучшему не сразу. Поначалу меня тревожили комары. Какая-то липкая дрянь заползала в штанину. Да и трава казалась сыроватой.

Потом все изменилось. Лес расступился, окружил меня и принял в свои душные недра. Я стал на время частью мировой гармонии. Горечь рябины казалась неотделимой от влажного запаха травы. Листья над головой чуть вибрировали от комариного звона. Как на телеэкране, проплывали облака. И даже паутина выглядела украшением...

Я готов был заплакать, хотя все еще понимал, что это действует алкоголь. Видно, гармония таилась на дне бутылки...

Я твердил себе:

— У Пушкина тоже были долги и неважные отношения с государством. Да и с женой приключилась беда. Не говоря о тяжелом характере...

И ничего. Открыли заповедник. Экскурсоводов — сорок человек. И все безумно любят Пушкина...

Спрашивается, где вы были раньше?.. И кого вы дружно презираете теперь?..

Ответа на мои вопросы я так и не дождался. Я уснул...

А когда проснулся, было около восьми. Сучья и ветки чернели на фоне бледных, пепельно-серых облаков... Насекомые ожили... Паутина коснулась лица...

Я встал, чувствуя тяжесть намокшей одежды.

Спички отсырели. Деньги тоже. А главное — их оставалось мало, шесть рублей. Мысль о водке надвигалась как туча...

Идти через турбазу я не хотел. Там в эти часы слонялись методисты и экскурсоводы. Каждый из них мог затеять профессиональный разговор о директоре лицея — Егоре Антоновиче Энгельгардте.

Мне пришлось обогнуть турбазу и выбираться на дорогу лесом.

Идти через монастырский двор я тоже побоялся. Сама атмосфера монастыря невыносима для похмельного человека.

Так что и под гору я спустился лесной дорогой. Вернее, обрывистой тропкой.

Полегче мне стало лишь у крыльца ресторана «Витязь». На фоне местных алкашей я выглядел педантом.

Дверь была распахнута и подперта силикатным кирпичом. В прихожей у зеркала красовалась нелепая деревянная фигура — творение отставного майора Гольдштейна. На медной табличке было указано: Гольдштейн Абрам Саулович. И далее в кавычках: «Россиянин».

Фигура россиянина напоминала одновременно Мефистофеля и Бабу-ягу. Деревянный шлем был выкрашен серебристой гуашью.

У буфетной стойки толпилось человек восемь. На прилавок беззвучно опускались мятые рубли. Мелочь звонко падала в блюдечко с отбитым краем.

Две-три компании расположились в зале у стены. Там возбужденно жестикулировали, кашляли и смеялись. Это были рабочие турбазы, санитары психбольницы и конюхи леспромхоза.

По отдельности выпивала местная интеллигенция — киномеханик, реставратор, затейник. Лицом к стене расположился незнакомый парень в зеленой бобочке и отечественных джинсах. Рыжеватые кудри его лежали на плечах.

Подошла моя очередь у стойки. Я ощущал знакомую похмельную дрожь. Под намокшей курткой билась измученная сирая душа...

Шесть рублей нужно было использовать оптимально. Растянуть их на длительный срок.

Я взял бутылку портвейна и две шоколадные конфеты. Все это можно было повторить трижды. Еще и на сигареты оставалось копеек двадцать.

Я сел к окну. Теперь уже можно было не спешить.

За окном двое цыган выгружали из машины ящики с хлебом. Устремился в гору почтальон на своем мопеде. Бездомные собаки катались в пыли.

Я приступил к делу. В положительном смысле отметил — руки не трясутся. Уже хорошо...

Портвейн распространялся доброй вестью, окрашивая мир тонами нежности и снисхождения.

Впереди у меня — развод, долги, литературный крах... Но есть вот эти загадочные цыгане с хлебом... Две темнолицые старухи возле поликлиники... Сыроватый остывающий денек... Вино, свободная минута, родина...

Сквозь общий гул неожиданно донеслось:

— Говорит Москва! Говорит Москва! Вы слушаете «Пионерскую зорьку»... У микрофона — волосатый человек Евстихеев... Его слова звучат достойной отповедью ястребам из Пентагона...

Я огляделся. Таинственные речи исходили от молодца в зеленой бобочке. Тот по-прежнему сидел не оборачиваясь. Даже сзади было видно, какой он пьяный. Его увитый локонами затылок выражал какое-то агрессивное нетерпение. Он почти кричал:

— А я говорю — нет!.. Нет — говорю я зарвавшимся империалистическим хищникам! Нет —

вторят мне труженики уральского целлюлозно-бумажного комбината... Нет в жизни счастья, дорогие радиослушатели! Это говорю вам я — единственный уцелевший панфиловец... И то же самое говорил Заратустра...

Окружающие начали прислушиваться. Впрочем, без особого интереса.

Парень возвысил голос:

— Чего уставились, жлобы?! Хотите лицезреть, как умирает гвардии рядовой Майкопского артиллерийского полка — виконт де Бражелон?! Извольте, я предоставлю вам этот шанс... Товарищ Раппопорт, введите арестованного!..

Окружающие реагировали спокойно. Хотя «жлобы» явно относилось к ним.

Кто-то из угла вяло произнес:

— Валера накушавши...

Валера живо откликнулся:

— Право на отдых гарантировано Конституцией... Как в лучших домах Парижа и Брюсселя... Так зачем же превращать науку в служанку богословия?!. Будьте на уровне предначертаний Двадцатого съезда!.. Слушайте «Пионерскую зорьку»... Текст читает Гмыря...

— Кто? — переспросили из угла.

— Барон Клейнмихель, душечка!..

Еще при беглом взгляде на молодца я испытал заметное чувство тревоги. Стоило мне к нему присмотреться, и это чувство усилилось.

Длинноволосый, нелепый и тощий, он производил впечатление шизофреника-симулянта.

Причем одержимого единственной целью – как можно скорее добиться разоблачения.

Он мог сойти за душевнобольного, если бы не торжествующая улыбка и не выражение привычного каждодневного шутовства. Какая-то хитроватая сметливая наглость звучала в его безумных монологах. В этой тошнотворной смеси из газетных шапок, лозунгов, неведомых цитат...

Все это напоминало испорченный громкоговоритель. Молодец высказывался резко, отрывисто, с болезненным пафосом и каким-то драматическим напором...

Он был пьян, но и в этом чувствовалась какая-то хитрость...

Я не заметил, как он подошел. Только что сидел не оборачиваясь. И вдруг заглядывает мне через плечо:

– Будем знакомы – Валерий Марков!.. Злостный нарушитель общественного покоя...

– А, – говорю, – слышал.

– Пребывал в местах не столь отдаленных. Диагноз – хронический алкоголизм!..

Я гостеприимно наклонил бутылку. В руках у него чудом появился стакан.

– Премного благодарен, – сказал он. – Надеюсь, все это куплено ценой моральной деградации?

– Перестань, – сказал я, – лучше выпьем.

В ответ прозвучало:

– Благодарю и примыкаю, как Шепилов...

Мы допили вино.

— Бальзам на раны, — высказался Марков.

— Есть, — говорю, — рубля четыре. Дальнейшая перспектива в тумане...

— Деньги не проблема! — выкрикнул мой собутыльник.

Он вскочил и метнулся к покинутому столу. Возвратился с измятым черным пакетом для фотобумаги. Высыпал из него кучу денег. Подмигнул и говорит:

— Не счесть алмазов в каменных пещерах!..

И далее, с неожиданной застенчивостью в голосе:

— Карманы оттопыриваются — некрасиво...

Марков погладил свои обтянутые джинсами бедра. Ноги его были обуты в лакированные концертные туфельки.

Ну и тип, думаю.

Тут он начал делиться своими проблемами:

— Зарабатываю много... Выйду после запоя, и сразу — капусты навалом... Каждая фотка — рубль... За утро — три червонца... К вечеру — сотня... И никакого финансового контроля... Что остается делать?.. Пить... Возникает курская магнитная аномалия. День работаешь, неделю пьешь... Другим водяра — праздник. А для меня — суровые трудовые будни... То вытрезвитель, то милиция — сплошное диссидентство... Жена, конечно, недовольна. Давай, говорит, корову заведем... Или ребенка... С условием, что ты не будешь пить. Но я пока воздерживаюсь. В смысле — пью...

Марков запихивал деньги обратно в пакет. Две-три бумажки упали на пол. Нагнуться он поленился. Своим аристократизмом паренек напоминал Михал Иваныча.

Мы подошли к стойке, взяли бутылку «Агдама». Я хотел заплатить. Мой спутник возвысил голос:

— Руки прочь от социалистической Кубы!

И гордо бросил на прилавок три рубля...

Поразительно устроен российский алкаш. Имея деньги — предпочитает отраву за рубль сорок. Сдачу не берет... Да я и сам такой...

Мы вернулись к окну. Народу в ресторане заметно прибавилось. Кто-то даже заиграл на гармошке.

— Узнаю тебя, Русь! — воскликнул Марков и чуть потише добавил: — Ненавижу... Ненавижу это псковское жлобье!.. Пардон, сначала выпьем.

Мы выпили. Становилось шумно. Гармошка издавала пронзительные звуки.

Мой новый знакомый возбужденно кричал:

— Взгляни на это прогрессивное человечество! На эти тупые рожи! На эти тени забытых предков!.. Живу здесь, как луч света в темном царстве... Эх, поработила бы нас американская военщина! Может, зажили бы как люди, типа чехов...

Он хлопнул ладонью по столу:

— Свободы желаю! Желаю абстракционизма с додекакофонией!.. Вот я тебе скажу...

Он наклонился и хрипло зашептал:

— Скажу как другу... У меня была идея — рвануть отсюдова куда попало. Хоть в Южную Родезию. Лишь бы подальше от нашей деревни... Но как?! Граница на замке! С утра до ночи под охраной Карацупы... Моряком пойти в загранку — сельсовет не отпустит... На интуристке жениться? На какой-либо древнегреческой бляди? Где ее возьмешь?.. Один тут говорил — евреев выпускают. Я говорю супруге: «Верка, это же мыс доброй надежды...»

А супруга у меня простая, из народа. Издевается. «Ты посмотри, — говорит, — на свою штрафную харю... Таких и в кино пускают неохотно. А он чего надумал — в Израиль!..»

Но я с одним тут посоветовался. Рекомендует на еврейке временно жениться. Это уже проще. Интуристов мало, а еврейки все же попадаются. На турбазе есть одна. Зовут — Натэлла. Вроде бы еврейка, только поддает...

Марков закурил, ломая спички. Я начал пьянеть. «Агдам» бродил по моим кровеносным сосудам. Крики сливались в мерный нарастающий гул.

Собутыльник мой был не пьянее, чем раньше. А безумия в нем даже поубавилось.

Мы раза два ходили за вином. Однажды какие-то люди заняли наши места. Но Марков поднял крик, и те ушли.

Вслед им раздавалось:

— Руки прочь от Вьетнама и Камбоджи! Граница на замке! Карацупа не дремлет! Исключение — для лиц еврейской национальности...

Наш стол был засыпан конфетными обертками. Пепел мы стряхивали в грязное блюдце.

Марков продолжал:

— Раньше я думал в Турцию на байдарке податься. Даже атлас купил. Но ведь потопят, гады... Так что это — в прошлом. Как говорится, былое и думы... Теперь я больше на евреев рассчитываю... Как-то выпили мы с Натэллой у реки. Я говорю — давай с тобой жениться. Она говорит — ты дикий, страшный. В тебе, говорит, бушует чернозем... А в здешних краях, между прочим, о черноземе и не слыхали... Но я молчу. И даже поприжал ее немного. Она кричит — пусти! Тут видно... А я говорю — так жили наши предки-славяне... Короче, не получилось... Может, надо было по-хорошему? Вы, мол, лицо еврейской национальности. Так посодействуйте русскому диссиденту насчет Израиля...

Марков опять достал свой черный пакет. Мне так и не удалось потратить четыре рубля...

Теперь мы говорили, перебивая друг друга. Я рассказывал о своих несчастьях. Как это ни позорно, рассуждал о литературе.

Марков обращался в пространство:

— Шапки долой, господа! Перед вами — гений!..

Вентиляторы гоняли по залу клубы табачного дыма. В пьяных голосах тонули звуки автомата «Меломан». Леспромхозовские деятели разожгли костер на фаянсовом блюде. Под столами бродили собаки...

Все расплывалось у меня перед глазами. Из того, что говорил Марков, долетали лишь отдельные слова:

— Вперед, на Запад!.. Танки идут ромбом!.. Дорогу осилит идущий!..

Затем ко мне приблизился нетрезвый тип с гармошкой. Меха ее интимно розовели. По щекам гармониста катились слезы. Он спросил:

— Зачем у меня шесть рублей с аванса вычли?! Зачем по билютню не дали отгулять?!.

— Выпей, Тарасыч, — подвинул ему бутылку Марков, — выпей и не расстраивайся. Шесть рублей — не деньги...

— Не деньги? — вдруг рассердился гармонист. — Люди пашут, а ему — не деньги! Да я вот этими трудовыми руками шесть лет отбухал ни за что... Девяносто вторая без применения технических средств...

Марков в ответ задушевно пропел:

— Не плачь, девчонка! Пройдут дожди...

Через секунду их уже растаскивали двое леспромхозовских конюхов. Гармошка с чудовищным ревом обрушилась на пол.

Я хотел встать и не мог.

Затем из-под меня вылетела дюралевая табуретка. Падая, я оборвал тяжелую, коричневого цвета штору.

Встать не удавалось. Хотя Маркова, кажется, били. Я слышал его трагические вопли:

— Отпустите, псы! Финита ля комедия!..

Не то чтобы меня выбросили из ресторана. Я выполз сам, окутанный драпировочной тканью. Затем ударился лбом о косяк, и все померкло...

Очнулся я в незнакомом помещении. Было уже светло. Тикали ходики с подвязанным вместо гири зубилом.

Укрыт я был все той же коричневой шторой. Рядом на полу обнаружился Марков. Видно, уступил мне свою постель.

Болела голова. На лбу ощущалась глубокая ссадина.

От кисловатого запаха деревенского жилища слегка мутило.

Я застонал. Марков приподнялся.

— Ты жив? — спросил он.

— Да вроде бы. А ты?

— Состояние — иду на грозу!.. Ты сколько весишь?

— Не знаю. А что?

— Еле тебя дотащил...

Приоткрылась дверь, вошла женщина с глиняной миской.

— Вера, — крикнул Марков, — дай опохмелиться! Я же знаю — у тебя есть. Так зачем это хождение по мукам? Дай сразу! Минуя промежуточную эпоху развитого социализма...

— Попейте молока, — сказала Вера.

Я с достоинством поздоровался. Марков вздохнул:

— Угораздило же меня родиться в этой таежной глуши...

Вера оказалась бледной, измученной женщиной с тяжелыми руками. Сварливой, как все без исключения жены алкоголиков.

На лице ее запечатлелось выражение глубокой и окончательной скорби.

Я чувствовал себя неловко еще и потому, что занял хозяйскую кровать. К тому же отсутствовали брюки. А куртка была на месте...

— Извините, — говорю, — за беспокойство.

— Ничего, — сказала Вера, — мы привыкшие...

Это было типично деревенское жилье. На стенах пестрели репродукции из «Огонька». В углу притаился телевизор с мутной линзой. Стол был накрыт выцветшей голубоватой клеенкой. Над моим изголовьем висел портрет Юлиуса Фучика. Между стульями прогуливалась кошка. Двигалась она беззвучно, как в мультипликационном фильме...

— А где мои брюки? — спрашиваю.

— Вера тебя раздевала, — откликнулся Марков, — спроси у нее.

— Я брюки сняла, — объяснила Вера, — а жакет — постеснялась...

Осмыслить ее заявление у меня не хватило сил.

— Логично, — высказался Марков.

— Они в сенях, я принесу...

— Ты лучше принеси опохмелиться!..

Марков слегка возвысил голос. Апломб и самоунижение постоянно в нем чередовались. Он говорил:

— Надо же русскому диссиденту опохмелиться, как по-твоему?!. Академик Сахаров тебя за это не похвалит...

И через минуту:

— Вера, дай одеколону! Дай хотя бы одеколону со знаком качества...

Вера принесла брюки. Я оделся. Натянул ботинки, вытряхнув сосновые иглы. С отвращением закурил...

Утренняя горечь заслоняла вчерашний позор.

Марков чувствовал себя прекрасно. Стонал он, как мне показалось, для виду.

Я спросил:

— А где пакет с деньгами?

— Тсс... На чердаке, — ответил Марков и громко добавил: — Пошли! Не стоит ждать милостей от природы. Взять их — наша задача!..

Я сказал:

— Вера, извините, что так получилось. Надеюсь, мы еще увидимся... в другой обстановке...

— Ты куда? — спросила Вера. — Опять?!. Вы уж присмотрите за моим буратиной.

Я кривовато улыбнулся в том смысле, что педагог из меня — неплохой...

В тот день мы обошли четыре шалмана. Возвратили с извинениями коричневую штору. Пили на лодочной станции, в будке киномеханика и за оградой монастыря.

Марков опорожнил шестую бутылку и сказал:

— Есть мнение — воздвигнуть тут скромный обелиск!

И поставил бутылку на холмик...

Несколько раз мы теряли пакет с деньгами. Обнимались со вчерашним гармонистом. Были замечены всеми ответственными работниками турбазы. Как утверждает Натэлла, выдавали себя за Пушкина и Баратынского...

Даже Михал Иваныч предпочел быть от нас в стороне. Хотя мы его приглашали. Но он сказал:

— Я Валеру знаю. С ним поддашь — опохмеляться будешь в милиции.

Митрофанов и Потоцкий, к счастью, уехали на экскурсию в Болдино...

Заснули мы на чужом сеновале в Петровском. Наутро повторился весь этот кошмар. От нас шарахались даже леспромхозовские конюхи.

К тому же Марков ходил с фиолетовым абажуром на голове. А у меня был оторван левый рукав.

Логинов подошел к нам возле магазина и спрашивает:

— Как же это вы без рукава?

— Мне, — отвечаю, — стало жарко, и я его выбросил.

Хранитель монастыря задумался и перекрестил нас. А Марков говорит:

— Это вы напрасно... У нас теперь вместо Бога — ленинский центральный комитет. Хотя наступит и для этих блядей своя кровавая ежовщина...

Логинов смущенно перекрестился и быстро ушел.

А мы все шатались по заповеднику.

Домой я попал в конце недели. И сутки потом лежал не двигаясь. Михал Иваныч предлагал вина. Я молча отворачивался лицом к стене.

Затем появилась девица с турбазы — Люда.

— Вам, — говорит, — телеграмма. И еще вас разыскивает майор Беляев.

— Что за Беляев? Откуда?

— Наш батька говорит, что с МВД...

— Этого мне только не хватало!.. Скажите, что я болен. Что я уехал в Псков и заболел...

— Он знает.

— Что он знает?

— Что вы который день болеете. Сказал: пускай, как выспится, зайдет.

— Куда?

— В контору рядом с почтой. Вам любой покажет. А вот и телеграмма.

Девица стыдливо отвернулась. Затем вытащила из лифчика голубоватый клочок бумаги, сложенный до размеров почтовой марки.

Я развернул нагретую телеграмму и прочел:

«Улетаем среду ночью. Таня. Маша».

Всего пять слов и какие-то непонятные цифры...

— Какой сегодня день?

— С утра был вторник, — пошутила Люда.

— Когда вы получили телеграмму?

— Ее Марьяна привезла с Воронича.

— Когда?

— Я же говорю — в субботу.

Я хотел сказать: «Так где вы были раньше?» — но передумал. Они-то были на месте. А вот где был я?..

Уехать я мог не раньше вечера — автобусом. В Ленинград попасть — часам к шести...

— Он и про телеграмму знает, — сказала Люда.

— Кто?

— Товарищ Беляев.

Люда чуточку гордилась проницательностью и всеведением этого злосчастного майора.

— Товарищ Беляев сказал — пусть зайдет до отъезда. А то ему будет взъебка... Так прямо и выразился...

— Какая старомодная учтивость! — говорю...

Я начал лихорадочно соображать. Денег у меня — рубля четыре. Все те же мистические четыре рубля. Состояние жуткое...

— Люда, — спрашиваю, — у вас есть деньги?

— Копеек сорок... Я на велосипеде приехала...

— То есть?

— Берите мой велосипед, а я дойду пешком. Оставьте его у кого-нибудь в поселке...

Последний раз я ездил на велосипеде, будучи школьником. Тогда это казалось развлечением. Но, видно, я постарел.

Дорогу пересекали сосновые корни. Велосипед, подпрыгивая, звякал. Маленькое жесткое седло травмировало зад. Колеса тонули в сыроватом песке. Измученные внутренности спазмами реагировали на каждый толчок.

Я зашел на турбазу, прислонив велосипед к стене.

Галина была одна. Взглянув на меня без испуга, спросила:

— Вы получили телеграмму?..

Думаю, пьянством здесь трудно было кого-нибудь удивить.

Я сказал:

— Дайте мне тридцать рублей из сейфа. Через две недели верну... Только не задавайте вопросов.

— А я и так все знаю. Ваша супруга изменила Родине.

— Увы, — говорю.

— И теперь уезжает на Запад.

— Похоже на то.

— А вы остаетесь?

— Да, я остаюсь. Вы же знаете...

— И будете продолжать работу?

— Конечно. Если не уволят...

— А правда, что в Израиле живут одни евреи?.. Слушайте, вам плохо?! Дать воды?

— Вода тут не поможет. Как насчет денег?

— Только почему из сейфа? У меня есть свои...

Я хотел поцеловать Галину, но сдержался. Реакция могла быть самой неожиданной.

Я сел на велосипед и поехал к монастырю.

День был теплый, но облачный. Тени деревьев едва выделялись на сером асфальте. По обочине шоссе брели туристы. Среди них попадались одетые в непромокаемые куртки.

Я устремился к песчаному склону. Руль приходилось удерживать с трудом. Мимо проносились обесцвеченные серым налетом валуны...

Контору УВД мне показали сразу.

— Следующий дом за почтой, — махнула рукой уборщица из «Лукоморья», — видишь флаг на крыше?..

Я поехал дальше.

Двери почтового отделения были распахнуты. Здесь же помещались кабины двух междугородных телефонов. Один из них был занят. Блондинка с толстыми ногами, жестикулируя, выкрикивала:

— Татуся, слышишь?! Ехать не советую... Погода на четыре с минусом... А главное, тут абсолютно нету мужиков... Але! Ты слышишь?! Многие девушки уезжают, так и не отдохнув...

Я затормозил и прислушался. Мысленно достал авторучку...

Казалось бы, все так ужасно, но я еще жив. И может быть, последней умирает в человеке — низость. Способность реагировать на крашеных блондинок и тяготение к перу...

На крыльце управления мне попался Гурьянов. Мы почти столкнулись, и деться ему было некуда.

В университете Гурьянова называли — Леня-Стук. Главной его обязанностью была слежка за иностранцами.

Кроме того, Гурьянов славился вопиющим невежеством. Как-то раз его экзаменовал профессор Бялый. Достались Гурьянову «Повести Белкина».

Леня попытался уйти в более широкую тему. Заговорил о царском режиме.

Но экзаменатор спросил:

— Вы читали «Повести Белкина»?

— Как-то не довелось, — ответил Леня. — Вы рекомендуете?

— Да, — сдержался Бялый, — я вам настоятельно рекомендую прочесть эту книгу...

Леня явился к Бялому через месяц и говорит:

— Прочел. Спасибо. Многое понравилось.

— Что же вам понравилось? — заинтересовался Бялый.

Леня напрягся, вспомнил и ответил:

— Повесть «Домбровский»...

И вот мы столкнулись на крыльце чека.

Сначала он немного растерялся. Даже хотел не поздороваться. Сделал какое-то порывистое движение. Однако разминуться на крыльце было трудно. И он сказал:

— Ну, здравствуй, здравствуй... Тебя Беляев ждет...

Он хотел показать, что все нормально. Как будто мы столкнулись в поликлинике, а не в гестапо.

Я спросил:

— Он — твой начальник?

— Кто?

— Беляев... Или подчиненный?

— Не иронизируй, — сказал Гурьянов.

В голосе его зазвучали строгие руководящие нотки.

— И помни. КГБ сейчас — наиболее прогрессивная организация. Наиболее реальная сила в государстве. И кстати, наиболее гуманная... Если бы ты знал, какие это люди!..

— Сейчас узнаю, — говорю.

— Ты чересчур инфантилен, — сказал Гурьянов, — это может плохо кончиться...

Каково мне было выслушивать это с похмелья!

Я обогнул его, повернулся и говорю:

— А ты — дерьмо, Гурьяныч! Дерьмо, невежда и подлец! И вечно будешь подлецом, даже если тебя назначат старшим лейтенантом... Знаешь, почему ты стучишь? Потому что тебя не любят женщины...

Гурьянов, пятясь, отступил. Он-то выбирал между равнодушием и превосходством, а дело кончилось грубостью.

Я же почувствовал громадное облегчение. И вообще, что может быть прекраснее неожиданного освобождения речи?!.

К оскорблениям Гурьянов не подготовился. А потому заговорил естественным человеческим тоном:

— Унизить товарища — самое легкое... Ты же не знаешь, как это все получилось...

Он перешел на звучный шепот:

— Я чуть не загремел по малолетству. Органы меня фактически спасли. Бумагу дали в университет. Теперь прописку обещают. Ведь я же сам из Кулунды... Ты в Кулунде бывал? Удовольствие ниже среднего...

— А, — говорю, — тогда понятно... Кулунда все меняет...

Вечно я слушаю излияния каких-то монстров. Значит, есть во мне что-то, располагающее к безумию...

— Прощай, Гурьян, неси свой тяжкий крест...

Я нажал симпатичную розовую кнопку. Мне отворила постная, неопределенного возраста, дама. Беззвучно пропустила меня в следующую комнату.

Я увидел сейф, изображение Дзержинского, коричневые портьеры. Такие же, как в ресторане. Настолько, что меня слегка затошнило.

Я опустился в кресло, достал сигареты. Минуту или две просидел в одиночестве. Затем одна из портьер шевельнулась. Оттуда выступил мужчина лет тридцати шести и с глубокой укоризной произнес:

— Разве я предложил вам сесть?

Я встал.

— Садитесь.

Я сел.

Мужчина выговорил с еще большей горечью:

— Разве я предложил вам закурить?

Я потянулся к урне, но расслышал:

— Курите...

Затем он сел и уставился на меня долгим, грустным, почти трагическим взглядом. Его улыбка выражала несовершенство мира и тяжелое бремя ответственности за чужие грехи. Лицо тем не менее оставалось заурядным, как бельевая пуговица.

Портрет над его головой казался более одушевленным. (Лишь к середине беседы я вдруг понял, что это не Дзержинский, а Макаренко.)

Наконец он сказал:

— Догадываешься, зачем я тебя пригласил? Не догадываешься? Отлично. Задавай вопросы. Четко, по-военному. Зачем ты, Беляев, меня пригласил? И я тебе отвечу. Так же четко, по-военному: не знаю. Понятия не имею. Чувствую — плохо. Чувствую — оступился парень. Не туда завела его кривая дорожка... Веришь ли, ночами просыпаюсь. Томка, говорю супруге, хороший парень оступился. Надо бы помочь... А Томка у меня гуманная. Кричит: Виталик, помоги. Проделай воспитательную работу. Обидно, парень — наш. Нутро здоровое. Не прибегай к суровым методам воздействия. Ведь органы не только лишь карают. Органы воспитывают... А я кричу: международная обстановка сложная. Капиталистическое окружение сказывается. Парень далеко зашел. Сотрудничает в этом... ну... «Континентале». Типа радио «Свобода»... Литературным власовцем заделался не хуже Солженицына. Да еще и загудел по-черному с Валерой-мудозвоном... Ну, кинула жена ему подлянку, собралась в Израиль... Так что, гудеть до посинения?.. Короче, я в растерянности...

Беляев говорил еще минут пятнадцать. В глазах его, клянусь, блестели слезы...

Затем он покосился на дверь и вытащил стаканы:

— Давай слегка расслабимся. Тебе не вредно... если в меру...

Водка у него была теплая. Закусили мы печеньем «Новость».

Отрывисто и резко звякнул телефон.

— Майор Беляев слушает... В четыре тридцать? Буду... И передайте, чтоб менты не лезли в это дело...

Он повернулся ко мне:

— На чем мы остановились?.. Думаешь, органы не замечают всего этого бардака? Органы все замечают получше академика Сахарова. Но где реальный выход? В чем? В реставрации капитализма?.. Допустим, почитал я ваш хваленый самиздат. Дерьма не меньше, чем в журнале «Знамя». Только все перевернуто. Где белое, там черное, где черное, там белое... Вот, например, проблема сельского хозяйства. Допустим, можно взять и отменить колхозы. Раздать крестьянам землю и тому подобное. Но ты сперва узнай, что думают крестьяне? Хотят ли эту землю получить?.. Да на хрена им эта блядская земля?! Поинтересуйся у того же Валеры-мудозвона. Обойди наши деревни вокруг заповедника. Один дед Тимоха помнит, как лошадей запрягают. Когда что сеять — позабыли. Простого хлеба испечь не могут... Да любой крестьянин эту землю враз на чекушку махнет. Не говоря о полбанке...

Беляев вытащил стаканы и уже не прятал. Он порозовел. Мысль его стремительно развивалась в диссидентском направлении.

Дважды звонил телефон. Беляев нажал кнопку селектора:

— Валерия Яновна! Не соединяйте...

Он заговорил поспешно, темпераментно и зло:

— Желаешь знать, откуда придет хана советской власти? Я тебе скажу. Хана придет от водки. Сейчас я думаю, процентов шестьдесят трудящихся надирается к вечеру. И показатели растут. Наступит день, когда упьются все без исключения. От рядового до маршала Гречко. От работяги до министра тяжелой промышленности. Все, кроме пары-тройки женщин, детей и, возможно, евреев. Чего для построения коммунизма будет явно недостаточно... И вся карусель остановится. Заводы, фабрики, машинно-тракторные станции... А дальше — придет новое татаро-монгольское иго. Только на этот раз — с Запада. Во главе с товарищем Киссинджером...

Беляев посмотрел на часы:

— Ты, я знаю, в Ленинград собрался. Мой тебе совет — не возникай. Культурно выражаясь — не чирикай. Органы воспитывают, воспитывают, но могут сдуру и покарать. А досье у тебя посильнее, чем «Фауст» Гёте. Материала хватит лет на сорок... И помни, уголовное дело — это тебе не брюки с рантом. Уголовное дело шьется в пять минут. Раз — и ты уже на стройках коммунизма... Так что веди себя потише... И еще, к вопросу пьянки. Пей, но в меру, делай интервалы. И не путайся ты с этим чеканутым Марковым. Валера местный, его не тронут. А у тебя — жена на Западе. К тому же опусы в белогвардейской прессе. Выступлений — полное досье. Смотри, заделают тебе козу... Короче, пей с оглядкой. А теперь давай на посошок...

Мы снова выпили.

— Идите, — перешел на «вы» майор.

— Спасибо, — говорю.

Это было единственное слово, которое я выговорил за полчаса.

Беляев усмехнулся:

— Беседа состоялась на высоком идейно-политическом уровне.

Уже в дверях он шепотом прибавил:

— И еще, как говорится — не для протокола. Я бы на твоем месте рванул отсюда, пока выпускают. Воссоединился с женой — и привет... У меня-то шансов никаких. С моей рязанской будкой не пропустят... А тебе — советую. Подумай. Это между нами, строго конфиденциально...

Я пожал ему руку, кивнул хмурой даме и вышел на залитую солнцем улицу.

Я шел и думал — мир охвачен безумием. Безумие становится нормой. Норма вызывает ощущение чуда...

Я оставил велосипед на почте. Сказал — для Люды из Березина. Пешком забрался в гору. И наконец, дождавшись рейсового автобуса, поехал в Ленинград.

В дороге я заснул и проснулся с ужасной головной болью...

Ленинград начинается постепенно, с обесцвеченной зелени, гулких трамваев, мрачноватых кирпичных домов. В утреннем свете едва различимы дрожащие неоновые буквы. Безликая толпа радует вас своим невниманием.

Через минуту вы уже снова горожанин. И только песок в сандалиях напоминает о деревенском лете...

Головная боль не дала мне привычно обрадоваться ленинградской сутолоке, речному ветру и ясности каменных улиц. Чего стоят одни лишь тротуары после надоевших холмов...

Я вышел из автобуса на площади Мира. Затем остановил такси и через пятнадцать минут был дома.

Дверь мне отворила незнакомая смеющаяся женщина в тельняшке:

— Вы от Шахновичей? Вас послали за кофеваркой?

— Нет, — сказал я.

— Ваша фамилия — Азарх?

— Я Танин муж, — говорю...

Вышла Таня с коричневым полотенцем на голове. Появилась дочка, бледная, с испуганными глазами. Сказала:

— А, это папа...

Дом был наполнен таинственными личностями. Из всех присутствующих я узнал только музыковеда Лазарева да еще фарцовщика Белугу.

В квартире было шумно. Незнакомый лысый человек беседовал по телефону. Он то и дело повторял:

— Это практического значения не имеет...

Все по очереди заговаривали с Таней. Худой бородатый старик почти кричал:

— Надеюсь, господа, тут все свои?! Так что позвольте мне забыть о конспирации. Я должен передать кое-что Александру Исаевичу Солженицыну...

Дальнейшее старик отчеканил хорошо поставленным голосом:

— Я разрешаю Солженицыну опубликовать без купюр мою фронтовую поэму «Люська». Причитающийся мне гонорар я отдаю в фонд Солженицына. Упоминать при этом мою настоящую фамилию категорически запрещается. Мой псевдоним — Андрей Колымский!..

На столах и подоконниках громоздились бутылки. Заметно пьяных не было. Всех связывало что-то общее, хотя здесь присутствовали не только евреи. Кто-то собирал неведомые подписи, размахивая зеленым блокнотом.

На кухне в ряд стояли чемоданы. Это были одинаковые новые чемоданы с металлическими замками. Они вызывали у меня чувство безнадежности...

На кровати валялась гитара...

В разговорах мелькали слова: «овир», «хиас», «берлинский рейс», «таможенная декларация»...

Я чувствовал себя абсолютно лишним. И даже обрадовался, когда незнакомая женщина поручила мне спуститься за чаем.

Перед этим я выпил, и мне стало легче. О вреде спиртного написаны десятки книг. О пользе его — ни единой брошюры. Мне кажется, зря...

Прошло несколько часов. Таня упаковывала забытый фотоаппарат. Маша дарила на память гостям черноморские камешки.

Они несколько раз подходили ко мне. Мы произносили какие-то бессмысленные слова:

— Не скучай, пиши... Все будет хорошо...

Я знал — кошмар начнется завтра. И еще подумал — зато мне достанется выпивка...

Маша сказала:

— А нам выдали доллары. Хочешь посмотреть?

Я сказал:

— Хочу...

Потом обсуждалось какое-то сообщение израильского радио.

Люди приходили, уходили. Таня записывала адреса и поручения...

Не обошлось и без скандала. Лысый парень напился и выкрикнул:

— Ну что, бежите с тонущего корабля?!

Но ему возразили:

— Значит, корабль тонет? И это мы слышим от члена партии?!

— Я — беспартийный, — реагировал скандалист, — мне обидно, что выпускают только евреев!

— Разве ты не еврей?

— Еврей, — ответил лысый...

Я выбрал момент и сказал:

— Таня, будешь в Америке, разыщи Карла Проффера. Он собирался издать мою книгу.

— Сказать, чтобы издавал?

— И побыстрее. Терять мне нечего.

— Я тебе все напишу между строк...

Тут Лазарев сказал, что уже — шесть. Надо было ехать в аэропорт. Мы заказали несколько такси, сели и доехали почти одновременно.

Таня и Маша сразу ушли за барьер — оформлять декларации. Мы бродили по залам. Кто-то захватил из дома бутылку водки.

Белуга подошел ко мне и говорит:

— Молодец, что не падаешь духом.

Я ответил:

— Этого еще не хватало! Женюсь по новой и заделаю кучу ребятишек.

Белуга удивился и покачал головой...

Таня раза четыре подходила к барьеру. Передавала мне вещи, задержанные таможней. В том числе: янтарные бусы, мою армейскую фотографию и роман Гладилина с дарственной надписью.

То, что вернули фотокарточку, очень рассердило Мишу Лазарева. Он сказал:

— Это что за фокусы?! Где справедливость?

Ему возразил Белуга:

— Будь справедливость, тогда зачем и уезжать?!.

Я снова выбрал момент и говорю Тане:

— Как ты думаешь, мы еще увидимся?

— Да, я уверена. Совершенно уверена.

— Тогда я, может, поверю, что Бог — есть.

— Мы увидимся. Бог есть...

Мне бы хотелось ей верить. Я готов был поверить... Но почему я должен верить ей именно сейчас? Я же не верил, когда она говорила, что Альберто Моравиа — хороший писатель...

Затем мы все поднялись на какой-то балкон. Смотрели, как Таня и Маша заходят в автобус.

Время остановилось. Эти несколько секунд я ощутил как черту между прошлым и будущим.

Автобус тронулся.

Теперь можно было ехать домой, не прощаясь...

Одиннадцать дней я пьянствовал в запертой квартире. Трижды спускался за дополнительной выпивкой. Если мне звонили по телефону, отвечал:

— Не могу говорить...

Отключить телефон не хватало решимости. Вечно я чего-то жду...

На четвертый день пришла милиция. Утром в дверь постучали, хотя звонок работал. К счастью, была наброшена цепочка. В дверном проеме блеснул лакированный козырек. Раздалось уверенное, нетерпеливое покашливание.

Я не боялся милиции. Просто не мог разговаривать с властями. Один мой вид чего стоил... Я спросил:

— В чем дело? Предъявите ордер... Существует закон о неприкосновенности жилища...

Милиционер с угрозой выговорил:

— Ордер не проблема.

И сразу же ушел. А я вернулся к моим бутылкам. В любой из них таились чудеса...

Прошло двадцать минут. Что-то заставило меня посмотреть в окно. Через двор шагал наряд милиции. По-моему, их было человек десять.

Я слышал их тяжелые шаги на лестнице. Потом они звонили, резко и нетерпеливо.

Я не реагировал.

Что они могли сделать? Взломать старинную петербургскую дверь? На шум сбежалась бы вся улица Рубинштейна...

Милиционеры топтались на площадке около часа. Один из них прокричал в замочную скважину:

— Дайте разъяснения по нижеперечисленным статьям Уголовного кодекса. Притонодержательство, тунеядство, неповиновение властям...

Статей было так много, что я решил об этом не думать.

Милиционеры все не уходили. Кто-то из них оказался хорошим психологом. Он постучал в дверь и крикнул:

— Можно попросить стакан холодной воды?!

Видимо, рассчитывал на мою сентиментальность. Или на чудодейственную силу абсурда...

Я не реагировал.

Наконец милиционеры сунули под дверь листок бумаги и ушли. Я видел, как они пересекают двор. На этот раз я их пересчитал. Шесть козырьков поблескивали на солнце.

Бумага оказалась повесткой, которую я разглядывал минуты три. В конце говорилось: «Явка обязательна». Фамилии следователя — не было. Названия дела, по которому меня вызывали, — тоже. Не было даже указано, кто я: свидетель, ответчик или пострадавший. Не было даже номера комнаты. Только — время и дата.

Я знал, что такие повестки недействительны. Меня научил этому Игорь Ефимов. И я кинул повестку в мусорный бак...

Милиция затем приходила еще раза четыре. И я всегда узнавал об этом заранее. Меня предупреждал алкоголик Смирнов.

Гена Смирнов был опустившимся журналистом. Он жил напротив моего дома. Целыми днями пил у окна шартрез. И с любопытством поглядывал на улицу.

А я жил в глубине двора на пятом этаже без лифта. От ворот до нашего подъезда было метров сто.

Если во двор заходил наряд милиции, Смирнов отодвигал бутылку. Он звонил мне по телефону и четко выговаривал единственную фразу:

— Бляди идут!

После чего я лишний раз осматривал засовы и уходил на кухню. Подальше от входных дверей.

Когда милиция удалялась, я выглядывал из-за портьеры. В далеком окне напротив маячил Смирнов. Он салютовал мне бутылкой...

На одиннадцатые сутки у меня появились галлюцинации. Это были не черти, а примитивные кошки. Белые и серые, несколько штук.

Затем на меня пролился дождь из червячков. На животе образовались розовые пятна. Кожа на ладонях стала шелушиться.

Выпивка кончилась. Деньги кончились. Передвигаться и действовать не было сил.

Что мне оставалось делать? Лечь в постель, укрыться с головой и ждать. Рано или поздно все это должно было кончиться. Сердце у меня здоровое. Ведь протащило же оно меня через сотню запоев.

Мотор хороший. Жаль, что нету тормозов. Останавливаюсь я только в кювете...

Я укрылся с головой и затих. В ногах у меня копошились таинственные липкие гады. Во мраке звенели непонятные бубенчики.

По одеялу строем маршировали цифры и буквы. Временами из них составлялись короткие предложения. Один раз я прочел:

«Непоправима только смерть!..»

Не такая уж глупая мысль, если вдуматься...

И в этот момент зазвонил телефон. Я сразу понял, кто это. Я знал, что это — Таня. Знал, и все.

Я поднял трубку. Из хаоса выплыл спокойный Танин голос:

— Привет! Мы в Австрии. У нас все хорошо... Ты выпил?

Я рассердился:

— Да за кого ты меня принимаешь?!.

— Нас встретили. Тут много знакомых. Все тебе кланяются...

Я стоял босой у телефона и молчал. За окном грохотал перфоратор. В зеркале отражалось старое пальто.

Я только спросил:

— Мы еще встретимся?

— Да... Если ты нас любишь...

Я даже не спросил — где мы встретимся? Это не имело значения. Может быть, в раю. Потому что рай — это и есть место встречи. И больше ничего. Камера общего типа, где можно встретить близкого человека...

Вдруг я увидел мир как единое целое. Все происходило одновременно. Все совершалось на моих глазах...

Моя жена сказала:

— Да, если ты нас любишь...

— При чем тут любовь? — спросил я.

Затем добавил:

— Любовь — это для молодежи. Для военнослужащих и спортсменов... А тут все гораздо сложнее. Тут уже не любовь, а судьба...

Потом что-то щелкнуло, и все затихло.

Теперь надо было уснуть в пустой и душной комнате...

Июнь 1983 года
Нью-Йорк

ПОСЛЕСЛОВИЕ

«Заповедник» писался и вчерне был закончен в 1978 году, последнем году пребывания Сергея Довлатова в Ленинграде. Завершен в Нью-Йорке в 1983 году и тогда же вышел отдельной книгой в эмигрантском издательстве «Эрмитаж».

Представляется важным, что «Заповедник» оказался первой книгой Довлатова, изданной на родине, в Ленинграде. Я хорошо помню: в издательстве «Васильевский остров» мы сдавали ее в набор 29 августа 1990 года — через пять дней после смерти писателя в Нью-Йорке.

«Заповедник» написан в широко представленной отечественной литературной традицией жанре повести и поднимает типично русские вопросы. По виду — реалистические: отношение среды к человеку, данное через описание нравов современного автору общества. Подспудно же вопросы, разрешаемые писателем, оказываются вполне романтическими: драматическая история жизни обреченного на непонимание творца. В сущности довлатовский «Заповедник» — это та же самая довлатовская «Зона». Так сказать, «Зона для гениев».

Выбранные автором декорации — места ссылки Пушкина, на фоне которых развиваются события, — органически соответствуют накопленному Довлатовым к концу семидесятых духовному и душевному опыту. И не только им одним, но всей отключенной от гражданского бытия культурой советской поры. Довлатов никогда не называл себя сколько-нибудь ярким ее представителем. Он им был.

Сюжетный замысел «Заповедника» связан с этим обстоятельством самым прямым образом. Вымышленная, но художественно достоверная правда сюжета повести заключается в том, что главным ее героем избран... Иосиф Бродский. Был в жизни поэта такой эпизод, когда он пытался уберечься от ударов советской судьбы в Пушкинском заповеднике. Хотел получить в нем хотя бы место библиотекаря. Но и этот скромный номер не прошел — не взяли его ни в библиотеку, ни куда-либо еще.

У Довлатова эта история вызвала далековатую, но точную ассоциацию: полтораста лет тому назад Алексей Вульф из Тригорского видел (судя по его дневникам) в ссыльном Михайловском соседе лишь столичного дэнди, занятого «наукой страсти нежной». Он и понятия не имел, что общается с величайшим национальным гением России. Нас изумляло, что люди, изучившие дневники Вульфа — тем более жизнь и творчество Пушкина, сберегающие память о нем для потомков, — по-прежнему и так очевидно глухи к явлению живого таланта.

Помня и думая об этом сюжете, Довлатов и принялся за повесть. Забравшись в Пушкинские Горы, он пережил схожую коллизию в масштабе собственной биографии. Гением он себя публике не представлял. Но и не скрывал принадлежности к не слишком лояльным питерским литературным кругам. При мне как-то показал «ни с того ни с сего» одному из работников заповедника первую свою публикацию в крамольном и запрещенном «Континенте».

И тут же услышал: «Подумаешь, буря в стакане воды».

Достоинство довлатовской позиции в «Заповеднике» очевидно: ни к кому из персонажей автор не относится со злым чувством, какую бы досаду ни вызывали у него порой их так называемые прототипы. Там, где *любое* общественное мнение подозревает в человеческом поведении умысел и злую волю, Довлатов-прозаик обнаруживает живительный, раскрепощающий душу импульс. И в этом смысле назначение его прозы истинно романтическое и поэтическое.

Андрей Арьев

Довлатов С.
Д 58 Заповедник : повесть / Сергей Довлатов. — СПб. : Азбука, Азбука-Аттикус, 2019. — 160 с. — (Азбука-классика).
ISBN 978-5-389-01553-1

«Заповедник» (1983) — одна из лучших книг Сергея Довлатова, в которой тема лишнего человека и нелепости человеческой жизни разворачивается на фоне «псковских далей» Пушкинского заповедника, где автор, в числе других служителей музея, проводил экскурсии и рассказывал туристам о великом поэте. «Я хотел изобразить в Пушкинском заповеднике литературного человека, проблемы которого лежат в том же аспекте, что и у Пушкина: деньги, жена, творчество, государство. И дело отнюдь не в способностях героя... — пишет Довлатов, — а в самом заповеднике, который изображается наподобие мавзолея, в равнодушии и слепоте окружающих...»

Повесть публикуется с учетом последней авторской правки.

УДК 821.161.1
ББК 84(2Рос-Рус)6-44

Литературно-художественное издание

СЕРГЕЙ ДОВЛАТОВ

ЗАПОВЕДНИК

Ответственный редактор Кирилл Красник
Художественный редактор Валерий Гореликов
Технический редактор Татьяна Раткевич
Компьютерная верстка Ольги Варламовой
Корректор Татьяна Бородулина

Главный редактор Александр Жикаренцев

Подписано в печать 31.05.2019. Формат издания 75 × 100 $^{1}/_{32}$.
Печать офсетная. Тираж 5000 экз. Усл. печ. л. 7. Заказ № 4501/19.

Знак информационной продукции
(Федеральный закон № 436-ФЗ от 29.12.2010 г.): 18+

ООО «Издательская Группа „Азбука-Аттикус“» —
обладатель товарного знака АЗБУКА®
115093, г. Москва, ул. Павловская, д. 7, эт. 2, пом. III, ком. № 1

Филиал ООО «Издательская Группа „Азбука-Аттикус“»
в Санкт-Петербурге
191123, г. Санкт-Петербург, Воскресенская наб., д. 12, лит. А

ЧП «Издательство „Махаон-Украина“»
Тел./факс: (044) 490-99-01. E-mail: sale@machaon.kiev.ua

Отпечатано в соответствии с предоставленными материалами
в ООО «ИПК Парето-Принт».
170546, Тверская область, Промышленная зона Боровлево-1,
комплекс № 3А.
www.pareto-print.ru

Y-VAK-2500-28-R

ПО ВОПРОСАМ РАСПРОСТРАНЕНИЯ ОБРАЩАЙТЕСЬ:

В МОСКВЕ

ООО «Издательская Группа „Азбука-Аттикус“»

Тел.: (495) 933-76-01,
факс: (495) 933-76-19

e-mail: sales@atticus-group.ru;
info@azbooka-m.ru

В САНКТ-ПЕТЕРБУРГЕ

Филиал ООО «Издательская Группа „Азбука-Аттикус“»

Тел.: (812) 327-04-55,
факс: (812) 327-01-60

e-mail: trade@azbooka.spb.ru

В КИЕВЕ

ЧП «Издательство „Махаон-Украина“»

Тел./факс: (044) 490-99-01

e-mail: sale@machaon.kiev.ua

Информация о новинках и планах на сайтах:

www.azbooka.ru
www.atticus-group.ru

Информация по вопросам приема рукописей
и творческого сотрудничества
размещена по адресу:
www.azbooka.ru/new_authors/